그라이펜제의 태수

부클래식

057

그라이펜제의 태수

고트프리트 켈러

오청자 옮김

부북스

차 례

그라이펜제의 태수

일러두기

* 국내 초역이며, 번역 원전은 Gottfried Keller: *Der Landvogt von Greifensee,* Reclam Stuttgart(1969)이다.

** 그라이펜제의 태수(1781-1787)였던 살로몬 란돌트(Salomon Landolt 1741-1818)는 태수 중에서 가장 유명하고 독특한 태수였다. 그는 솔로몬처럼 지혜롭게 판결하여 솔로몬 판사로 유명한 인물이었을 뿐 아니라 재능있는 화가이기도 했다. 역사적 사실에 근거한 단편 모음집《취리히 단편집 Zuericher Novellen》에 실려 있는《그라이펜제의 태수》는 켈러의 모든 역사적 단편 중 가장 독자적인 작품이며, 켈러 자신의 심리적 체험에 가장 많이 의존하고 있는 작품으로 알려져 있다.

*** 스위스의 그라이펜제 영지(Herrschaft Greifensee)는 1300 ~ 1798년 사이에 존재했다. 현재 취리히주의 행정구역 우스터(Uster)가 그라이펜제 태수의 관할지역에 해당된다.

그라이펜제의 태수

하인리히 황제의 영명축일이었던 1783년 7월 13일에―이날은 지금도 여전히 취리히 달력에 빨간색으로 표시되어 있다―도시와 시골 마을에서 수많은 구경꾼이 마차를 타고, 말을 타고, 또 걸어서 샤프하우저 가(街)에 있는 클로텐[1] 마을로 갔다. 왜냐하면, 그날은 당시 그라이펜제의 태수였던 육군대령 살로몬 란돌트가 이곳 야트막한 언덕에서 자신이 설립한 취리히 사수군단을 사열하고, 훈련하며, 군사 교육위원회 위원들에게 시범을 보이는 날이었기 때문이다. 그런데 그가 하인리히의 날을 선택한 이유는, 그의 말에 의하면, 명성 있는 취리히주의 병역의무자 중 절반이 언제나 하인리히라고 불리는 데다가, 대중에게 친근한 영명축일에 술을 마시거나 나태하게 보내기 일쑤여서 이런 사열행사가 크게 해롭지는 않을 거로 생각했기 때문이다.

---

1 Kloten::스위스 취리히주 뷔라흐(Bülach) 행정구역에 있는 지역.

구경꾼들은 지금까지 알려지지 않은 이례적인 새로운 부대를 보며 기뻐했다. 이 부대는 무늬 없는 초록색 복장을 하고 자발적으로 참여한 젊고 생기발랄한 젊은이들로 구성되어 있었다. 구경꾼들은 군인들이 산개대형으로 빠르게 움직이는 모습과, 군인 한 사람 한 사람이 독립적으로, 명중도 높은 소총을 빼 들고 자신 있게 행군하는 모습을 보며 즐거워했다. 관중들은 무엇보다도 이 모든 행사의 고안자이자 지휘자가, 기쁜 마음으로 훈련에 참가한 젊은 군인들과 아버지와 같은 친밀한 관계가 있는 모습을 보고 즐거워했다.

구경꾼들은 군인들이 때로는 나무들의 가장자리로 이리저리 흩어져 사라지는 것을 보기도 했고, 때로는 지휘자가 불그스레한 빛을 발하는 갈색 암말을 타고 언덕을 나르듯 달리면서 외치는 구령에 따라 멀리 떨어진 곳에서 거무스름한 행렬을 이루며 나타나기도 하고, 때로는 흥겨운 노래를 부르며 아주 가까이에서 지나가는 것을 보기도 했다. 그들이 곧바로 다시 전나무로 뒤덮인 언덕에 나타나기 위해서였는데, 녹색 옷을 입은 군인들의 모습은 전나무 숲 언덕의 녹색과 더는 구별할 수 없었다. 모든 것이 빠르고 즐겁게 진행되었기 때문에 전문지식이 없는 사람은 이 비범한 남자가 그의 조국에 이런 특별한 선물을 준비할 때 아끼지 않은 작업과 수고가 얼마였는지 도무지 상상할 수 없었을 정도였다.

이윽고 나팔소리가 울리자 살로몬 란돌트가, 젊은이들과 마찬가지로 별로 지친 기색을 보이지 않고 날렵하게 말에서 뛰어내리면서, 500명이나 되었음 직한 저격대원들을 빨리 바짝 가까이 다가오게 하더니, 휴식을 위해 귀향하라고 번개처럼 빠르게 흩어지게 하자 모두 그에 대한 칭찬이 자자했다. 프랑스와 네덜란드에 주둔하고 있으면서 행사에 참석한 스위스연대의 장교들은 새로운 무기가 미래에 중요하다는 것에 대해 논했으며, 나라를 위해 조국이 그와 같은 무기를 독자적으로 생산한다는 것을 기뻐했다. 태수 란돌트가 언젠가 포츠담의 기동훈련에 참가했을 때 프리드리히 대왕이, 홀로 지칠 줄 모르고 능동적으로 움직이는 이 남자를 관찰하더니, 자기에게 오라고 부르기까지 했으며, 대왕이 거듭 협상을 해서라도 자기의 군대를 위해 이 남자를 얻으려고 애썼다는 사실을 사람들은 또한 즐거운 마음으로 회상했다. 란돌트는 연애편지보다 더 소중하게 보관한 프리드리히 대왕의 친서를 아직도 갖고 있을 거라는 거였다.

이제 란돌트가 그의 상관들과 시민들, 그리고 모든 친구에게 다가가서 다정하게 악수를 했을 때 모든 사람의 시선은 호감을 보이며 태수 란돌트에게 쏠려있었다. 그는 아무런 장식이 없는 짙은 초록색 옷을 입고 밝은색 승마용 장갑을 끼고 있었으며 하얀 커프스가 달린 긴 장화를 신고 있었다. 그는 커다란 군도를 옆에 차고 있었고, 모자는 장교들의 모자 모양대로 접혀 올려져 있었다. 그건 그렇다 치고, 그를 추모하는 전기 작가가 있었다면 그를 다음과 같이 묘사했을 것이다. "그를 한 번만이라도 본적이 있었던 사람은 결코 다시는 그를 잊을 수 없었다. 그의 훤칠하게 확트인 시원한 이마는 앞으로 많이 돌출되어 있었다. 그의 매부리코는 부드럽게 구부러져 얼굴에서 두드러졌다. 얇은 입술은 섬세하고 우아한 곡선을 만들었다. 입언저리에는 적절하지만, 결코 의도적으로 상처를 주지 않는 풍자의 기색이 거의 인지할 수 없는 익살스러운 미소 뒤에 감춰져 있었다. 연갈색 눈은 거리낌 없이, 확고하게, 그리고 내면의 정신을 알리는 듯 사방을 둘러보았으며, 말로 표현할 수 없는 다정한 표정을 지으며 기뻐하고 있는 군중을 바라보았다. 그러나 그의 눈은, 충직한 이 남자의 예민한 감성을 상하게 할 만한 모든 것을 꿰뚫어 보면서, 기분이 상해서 짙은 눈썹을 찡그릴 때면 번쩍였다. 중간키를 가진 그의 신체는 튼튼했고 균형이 잡혀 있었으며 몸가짐은 군대식이었다."

그가 목 뒤에 꽤나 큰 편발을 달고 있었다는 것과 하인리히 황제의 영명축일인 그날 그의 나이 마흔두 살이었다는 것을 전기 작가의 인물묘사에 덧붙이기로 합시다.

마차 안에 앉아 자기에게 손을 내민 사람들에게 인사하려고 국가원수가 타는 의장 마차와 같이 화려한 장밋빛 붉은색 마차에 그가 다가갔을 때였다. 놀랍게도, 형언할 수 없이 다정하게 그의 갈색 눈은 마차 안에서 기뻐하는 한 사람에게 고정되었다. 뜻밖에도 마차 안에는 그가 이전에 잘 알고 있었지만 몇 년 전부터 보지 못했던 더없이 아름다운 여인도 있었기 때문이었다. 그녀는 대략 서른다섯 살 정도 되었을 거며, 웃음 짓는 갈색 눈과 붉은 입술, 암갈색 곱슬머리를 갖고 있었다. 암갈색 곱슬머리는 반쯤 드러난 목을 감싼 레이스 장식 위로 흘러내렸고, 앞으로 기울어진 우아한 밀짚모자로 덮여 있는 아름다운 머리 위로 풍성하게 나 있었다. 그녀는 흰색과 초록색 줄무늬가 있는 여름원피스를 입고 있었으며 손에는, 지금은 중국이나 일본 것으로 여길지도 모를, 양산을 들고 있었다. 하지만 근거 없는 예단을 잘라버리기 위해서 이 말은 지금 언급해두어야 할 것이다. 그녀는 이미 결혼해서 여러 명의 아이를 두고 있기 때문에 그녀와 저격대의 장교였던 란돌트 사이에 있었던 일은 기껏해야 지나간 일들에 관한 문제일 수밖에 없다는 것을 말이다. 간단히 말하자면 그녀는 그가 예전에 사랑하는 마음을 드러냈으나 그녀에게 우아하게 거절당한 첫 번째 여자 친구였다. 그녀의 자녀들이 모두 아직도 살아 있고 사회에서 존경받는 인물들이기 때문에 그녀의 이름은 밝히지 말아야 한다. 란돌트가 기억 속에 간직하고 있는 그 이름으로 그녀를 부르는 것에 우리는 만족해야 한다. 란돌트는 그녀를 생각할 때면 그녀를 오색방울새라고 불렀던 것이었다.

두 사람은 서로 악수를 하면서 얼굴이 약간 빨개졌다. 그리고 많은 사람이 들어간 클로텐의 뢰벤 식당에서 가벼운 식사를 하던 중 란돌트가 그 여자 옆에 앉게 되었을 때였다. 마치 자기 자신이 한때 그의 연인이었던 것처럼 그녀는 매우 다정하고 간절한 마음으로 그를 대했다. 란돌트에겐 수년 전부터 느껴보지 못했던 유쾌한 기분이 들었다. 그래서 그는 예전처럼 여전히 젊어 보이는 것 같은 바로 그 오색방울새라고 하는 여자와 아주 즐겁게 이야기를 나누었다.

그러나 마침내 긴 여름날이 저물기 시작했기에, 란돌트는 집으로 돌아갈 것을 생각해야 했다. 2년 전부터 그가 태수로서 다스리는 관할구역인 그라이펜제까지는 대략 세 시간을 가야 했기 때문이다. 그녀의 일행들과 헤어질 때 그들의 만남은 자동적으로 초대와 약속으로 발전하였다. 옛 여자 친구 오색방울새가 언제 한번 남편과 아이들을 데리고 그라이펜제 성으로 와서 그를 깜짝 놀라게 해주기로 했던 것이었다.

생각에 잠겨, 란돌트는 부하 한 사람만 대동하고 디틀리콘[2]을 지나 말을 타고 천천히 집으로 갔다. 토탄 늪 위에는 벌써 황혼이 드리웠다. 오른쪽으로는 숲 뒤쪽 너머로 석양이 지기 시작했고, 왼쪽으로는 취리히 고지의 산맥 뒤로 그믐달이 떠올랐다. 그곳은 태수가 진정으로 생기를 얻게 되고, 완전히 정신을 집중시킬 수 있는, 오직 자연의 조용한 힘에 귀를 기울이곤 했던, 분위기가 있는 바로 그런 장소였다. 그러나 오늘은 반짝이는 하늘의 별들과 조용한 자연의 지배가 가까이서 그리고 멀리서 그를 보통 때보다 더 장

---

2 Dietlikon: 스위스 취리히주의 뷔라흐 행정구역에 있는 자치구.

엄하게, 심지어 약간 더 감상적 기분이 들게 했다. 그가 거절당한 아름다운 여인에게 호의를 보여주려고 그녀를 집에서 맞이할 것을 생각했을 때, 이 여인뿐 아니라 그가 예전에 비슷한 관계를 맺었던 서너 명의 다른 아름다운 여인들도 자기 집으로 한데 불러 모으고자 하는 욕구가 그를 사로잡았다. 사실 그가 가던 길을 계속 가면 갈수록 예전에 좋아했던, 착하고 사랑스러운 모든 여인을 모두 한꺼번에 집으로 불러모아 만나고 그들과 하루를 지내고 싶은 본래의 갈망이 다시 그의 마음에 싹텄다. 왜냐하면, 이제는 정신적 지각이 생긴 노총각 란돌트가 예전엔 접근하지 못할 정도로 그렇게 항상 무뚝뚝하지만은 않아서 여인들의 유혹에 거의 저항하지 못했다는 사실이 유감스럽게도 밝혀져야 했기 때문이었다. 그가 좋아한 여인들의 애칭 목록에 있는 또 한 여자는 어릿광대라 불렸고, 또 다른 여자는 종달새, 또 한 여자는 함장, 네 번째 여자는 지빠귀라 불렸다. 그래서 그가 좋아한 여자는 오색방울새와 합쳐 전부 다섯 명이었다. 그들 중 몇 사람은 결혼했고, 다른 몇 사람은 아직 결혼하지 않았다. 하지만 그중 어떤 여인에 대해서도 죄의식이 없었기 때문에 그는 모두 다 확실하게 불러 모을 수 있었던 것이다. 고삐와 채찍을 손에 쥐고 말을 몰고 있는 상황이 아니었더라면 그는 벌써 은근히 신이 나서 두 손을 비벼댔을 것이다. 그는 아름다운 여인들을 어떻게 서로에게 인사시킬지, 그들은 어떻게 처신하고 어떻게 서로 사이좋게 지낼지, 그리고 주인으로서 그

매력적인 여인들을 즐겁게 해 줄 어떤 멋진 웃음거리를 그가 준비할 것인가를 상상하기 시작했다.

하지만 이제 어려운 문제는 그의 집사 마리안네 여사에게 비밀을 털어놓고 그녀의 동의와 도움을 얻는 것이었다. 집사가 이렇게 민감한 일에 호의를 보이지 않고 동의하지 않는다면 이 유쾌한 계획은 실패할 것이기 때문이다.

그런데 마리안네 여사는 어떤 값을 치르고도 제2의 기인을 찾아내지 못했을 정도로 세상에서 가장 별난 여자였다. 그녀는 오스트리아 티롤 주의 도시인 할(Hall)의 대목장인(大木匠人) 클라이스너의 딸이었으며, 많은 형제자매와 함께 못된 계모에게 순종하며 살았다. 계모는 그녀를 예비 수녀로 수도원에 집어넣었다. 그녀는 노래할 수 있는 아름다운 목소리를 갖고 있어서 수도생활에 잘 적응할 수 있을 것 같았다. 그러나 수도서원을 해야 했을 때 그녀가 아주 요란스럽고 무섭게 저항했기 때문에 수녀들이 놀라서 그녀를 수녀원에서 내보냈다. 그 이후 마리안네는 혼자서 험난한 세상을 살아갔으며 브라이스가우 지방에 있는 프라이부르크의 어느 식당에서 요리사로 일자리를 얻었다. 잘 생긴 몸매 때문에 그녀는 식당에 드나들던 오스트리아 장교들과 대학생들의 구애와 구혼을 견뎌내야 했다. 하지만 그녀가 호감을 보인, 도나우에쉥엔의 좋은 가문 출신인 잘 생긴 대학생 한 명을 제외한 모든 남자를 그녀는 단호히 거절했다. 그것 때문에 질투심이 강한 어떤 장교가 험담하며 그녀를 괴롭혔는데, 그녀는 그 험담을 듣게 되었다. 그녀는 날카로운 부엌칼로 무장하고서 장교들이 앉아있던 식당 홀로 들어가 자기를 비방한 그 장교에게 해명을 요구했다. 그 장교가 이 과감한 여인을 내쫓으려 했을 때, 그녀는 매우 격렬하게 그를 위협했다. 그러자 그는 그녀로부터 자신을 방어하기 위해 검을 뽑지 않을 수 없었다. 하지만 그녀는 남자를 무장해제 시키고 검을 부셔서 그의 발 앞에 내던졌다. 그 결과 그는 연대에서 추방되었다. 용감한 티를 여자는 이제, 남자 가족들의 반대가 있긴 했지만, 그 미남 대학생과 함께 도망쳐서 그와 결혼했다. 그녀의 남편은 쾨니히스베르크에서 프러시아 승마연대에 입대했고, 그녀는 종군상인으로 그 연대에 합류해서 여러 출정지역을 따라다녔다. 이 연대에서 그녀는 전장에서뿐 아니라 점령군 주둔지에서도 요리사로, 제빵사로 지칠 줄 모르고, 매우 활동적이고 숙달된 모습을 보여주었다. 그 결과 그녀는 남편에게 쾌적한 삶을 마련해주고 또 얼마간 저축할 수 있을 만큼 충분히 돈을 벌었다. 그들은 차례로 아홉 명의 아이를 낳았는데, 온갖 열정을 다해 세상 어느 것보다 더 아이들을 사랑했다. 그 열정은 그녀의 성격적 특징이기도 했다. 그러니 그 자식들은 모두 죽어버렸다. 자식들의 죽음은 매번 그녀에게서 삶의 의욕을 거의 앗아갔으며, 그 아픈 마음은 다른 모든 운명보다 더 가혹했다. 마침내 그녀의 젊음과 아름다움이 사라지자 군인이었던 남편은 자기의 신분이 더 낫다는 것을 상기하더니 아내를 경멸하기 시작했다. 그녀의 보살핌 속에서 남편의 형편이 너무나 좋아졌기 때문이었다. 그러자 그녀는 저축했던 돈을 연대에 위약금으로 지불하고 남편을 부대에서 면직시켰으며, 남편이 마음에 드는 곳으로 행복을 찾아 떠나게 했다. 그녀 자신은 일자리를 찾기위해 외로이, 다시 자기가 떠나왔던 남쪽으로 갔다.

그녀는 슈바르츠발트에 있는 장크트 블라지언에서 집사를 구하는 그라이펜제의 태수에게 추천되었다. 그렇게 해서 그녀는 벌써 2년 전부터 태수의 고용인으로 일하게 되었다. 그녀는 적어도 마흔다섯 살은 먹었고, 집사라기보다는 늙은 경비병 같았다. 그녀는 프러시아 경찰처럼 욕을 했으며, 자신에게 불쾌한 일이 생겨 흥분하게 되면 엄청난 뇌우가 퍼붓듯 난리가 났다. 그래서 모든 사람이 산지사방으로 도망갔고, 웃고 있는 태수만이 상황을 견디며 그 장면을 즐겼을 정도였다. 하지만 그녀는 매우 탁월한 솜씨로 태수의 살림을 맡아 했다. 그녀는 하인들과 밭일을 하는 일꾼들을 가차 없이 엄격하게 다스렸고, 성실하고 믿음직스럽게 태수의 재정을 관리했다. 가능한 곳에서는 항상, 그리고 주인의 관대함이 끼어들 틈이 없는 곳에서는, 물건을 사면서 흥정을 하고 저축을 했다. 그녀는 또 주인의 뜻에 따라, 능숙하게 좋은 요리를 만들어 손님 접대를 도와줬기 때문에 그는 곧 아무런 의심 없이 모든 살림살이를 그녀에게 무조건 맡길 수 있었다.

그녀의 온갖 거친 성격에도 불구하고, 그녀의 노래를 주의 깊게 경청하는 태수에게 빛바래지 않은 알토 목소리로 옛 담시나 더 오래된 사랑의 노래 혹은 저격대의 군가를 불러줄 때면, 그녀의 깊은 감정이 다시 드러나 빛을 발했다. 그뿐 아니라 프렌치호른에 일가견이 있는 주인님이 곧바로 그 우울한 멜로디를 배워서 성의 창가에 앉아 달 밝은 호수를 바라보며 호른을 불 때면 그녀는 그를 꽤 자랑스러워했다.

언젠가 열 살 난 이웃집 아들이 불치병으로 오랫동안 병상에 누워 있었는데, 목사와 부모가 위로하는 말로도 고통 속에서 죽음을 두려워하는 아이를, 아이가 너무도 살기를 원했기 때문에, 위로해줄 수 없었을 때였다. 란돌트는 조용히 파이프를 피우면서 아이의 침상으로 가서 앉았다. 그는 아주 단순하고 적절한 말로 아이의 절망적인 상태에 대해서, 그리고 정신을 가다듬고 잠시 고통을 견뎌야 할 필요성을 아이에게 말했다. 그는 병을 앓다가 죽음을 통해 평온하게 구원된다는 것 그리고 인내심 있고 신앙심 깊은 어린 소년인 그에게 허락된 행복하고 변화 가득한 안식에 대해서도 말했다. 또 친척도 아닌 낯선 사람인 그가 아이에 대한 각별한 사랑과 관심에 대해 말하자 아이는 그 순간부터 변하더니, 밝은 모습으로 인내하며 고통을 견디다가 죽음으로써 정말로 고통에서 해방되었다.

그때 열정적인 마리안네 여사가 죽은 아이의 침상으로 달려나가 관 옆에 무릎을 꿇더니 경건하게, 끊임없이 기도하면서 죽은 아이를 어린 성자라고 상상하고, 앞서 간 그녀의 모든 자식을 위해 하느님에게 기도해달라고 그에게 요청했다. 그러다가 그녀는 대주교를 대하는 것 같은 경외심에 가득 차 태수의 손에 입을 맞췄다. 그러자 태수는 웃으면서 그녀의 손을 떨쳐버리며 말했다. "바보 같은 늙은이 같으니라고, 당신 돌았소?"

이런 여자가 바로 대령님의 살림을 맡아 하는 관리인이었다. 태수가 다섯 명의 옛 애인들을 자기 집으로 한꺼번에 불러 모아서 아름다운 그녀들의 모습을 보려면 이 여자에게 자기의 계획을 설명해야만 했다.

태수가 성의 후원에 들어서서 말에서 내리는 바로 그때 그는 집사가 부엌에서 호통치는 소리를 들었다. 외양간에서 개들이 몹시 짖어대는데 하녀가 개들의 저녁먹이를 끓여놓지 않았기 때문이었다. 그는 '지금은 유리한 때가 아니야!'라고 생각하고, 저녁 식사를 하기 위해 기가 죽어 안락의자에 앉았다. 그 사이 집사는 심상치 않은 기분으로 그날 하루에 일어난 일을 모두 그에게 설명했다. 그는 집사가 좋아하는 부르고뉴산 포도주 한잔을 그녀에게 따라주었다. 그녀는 자기가 지하실 열쇠를 갖고 있음에도 불구하고 주인이 그 술을 마시라고 따라 줄 때만 마셨다. 술 한 잔이 벌써 그녀의 분노를 어느 정도 누그러뜨렸다. 그러자 그는 호른을 벽에서 집어서 그녀가 좋아하는 노래 중 하나를 그라이펜제 호수를 향해서 불었다.

그러고 나서 그는 "마리안네 여사, 내게 다른 노래하나 불러주지 않겠소? 이런 내용의 노래 말이오."라고 말했다.

"저녁노을 질 무렵 저 하늘 높은 곳에서
천국으로 간 여인들을 본 사람,
그의 영혼은 사라져버릴 수 없노라.
죽지 않으면!
안녕, 안녕, 그대 절친한 여인들이여,
나의 육신은 저 아래 고요한 잡초 밑에서 조용히 잠들어 있노라!"

그녀는 즉시 이 노래를 1절부터 끝까지 다 불렀다. 노래의 가사들은 다양한 내용으로 바뀌었으나 모두 다 무엇인가를 다시 보고 싶다는 한결같은 소망을 표현했다. 그녀 자신도 노래의 단순한 멜로디에 감동했다. 태수가 길게 늘어진 그 소리를 호른으로 불어 밤공기에 내보냈을 때 그녀는 더욱더 감동했다.

"마리안네 여사! 작은 규모이긴 하지만 특별한 손님들을 가끔 접대할 생각을 해야겠소." 그가 방으로 다시 들어서면서 말했다.

"어떤 손님들인데요, 태수님? 누가 오실 건가요?"

"오색방울새, 어릿광대, 종달새, 함장, 그리고 지빠귀가 올 거요." 그가 기침하면서 대답했다.

마리안네 여사는 놀라서 어리둥절해 하면서 물었다.

"대체 그분들은 어떤 종류의 사람들인가요? 그분들은 의자에 앉아야 할까요, 아니면 장대에 앉아야 할까요?"

그러나 태수는 파이프를 가지러 벌써 옆방으로 들어갔었다. 그는 이제 파이프에 불을 붙였다.

"오색방울새는 아름다운 여자지요!" 그는 처음 빨아들인 파이프의 연기를 내뿜어 멀리 날리면서 말했다.

"그럼 다른 사람은요?"

"어릿광대 말이요? 그 사람도 여자지요, 그 여자도 그 나름대로 예뻐요!"

그런 식으로 지빠귀까지 계속 이어졌다. 그러나 집사가 이런 간결한 설명에도 만족하지 않았기 때문에 태수님은 마침내 아직 한마디도 입 밖에 내지 않았던 일 중 몇 가지를 얘기할 수밖에 없었다.

"한마디로 말해 이들은 모두 내가 좋아했던 사람들이고 해서 다 함께 한꺼번에 한번 보고 싶은 여자들이요!"

그러자 마리안네 여사는 "맙소사!" 하고 소리치더니 이전보다 훨씬 더 크게 눈을 뜨고 벌떡 일어나 맨 뒤쪽 벽으로 뛰어갔다. "태수님, 존경하옵는 태수님! 나리가 사랑을 하셨다고요? 게다가 그 많은 여자를? 아이고 맙소사! 나리가 그랬을 거라고 아무도 상상하지 못했어요. 그리고 나리께서는 여자들을 좋아할 수 없을 것처럼 항상 행동하셨어요! 그런데 나리께서 이 모든 가엾은 여자들을 속이고 버리셨나요?"

"내가 버린 게 아니라 그들이 나를 원하지 않았어요!" 태수는 당황하여 미소 지으면서 대답했다.

"그들이 나리를 원하지 않았다고요! 단 한 여자도요?" 마리안 네는 점점 더 흥분하여 소리쳤다.

"그렇소, 아무도!"

"괘씸한 여자들 같으니라고! 그래도 태수님이 갖고 계신 생각은 좋아요. 그녀들을 오라고 하세요. 그녀들을 이리로 꾀어내어서 한번 구경하십시다. 틀림없이 진기한 모임이 될 거에요! 까마귀들이 앉아있는 탑의 맨 꼭대기에 그들을 가두어 굶어 죽게 할 수도 있겠지요? 전 지금부터 그들과 싸울 준비를 하겠어요!"

"아니요, 그게 아닙니다!" 태수가 웃었다. "그와 반대로 여사님은 모든 노력을 기울여 정중하고 훌륭한 대접을 하면 됩니다. 이날은 내게 아름다운 날이 되어야 하기 때문이지요. 5월이란 달이 정말 존재한다면―알다시피 그런 5월은 없지요―그리고 그 날이 5월의 첫날이자 동시에 마지막 날이라면 정말로 아름다워야 할 것 같은 그런 하루가 되어야 해요!"

마리안네 여사는 태수의 두 눈의 광채에서 그가 어떤 간절한 것을, 어떤 기쁜 일을 생각하고 있다는 것을 알아차리고 그에게 뛰어가 그의 손을 잡고 입 맞추었다. 그러면서 그녀는 조용히 눈물을 닦으며 말했다. "네. 태수님의 뜻을 알겠습니다. 저의 죽은 아이들 모두가, 천국으로 간 저의 천사들이 갑자기 제 옆에 와있는 것 같은 그런 날이 되어야겠지요."

한번 마음의 벽이 허물어지자 태수는 상황이 허락하는 대로 서서히 다섯 여자를 그녀에게 소개하고 어떻게 그런 일이 생겼는지 설명했다. 이때 이야기하는 태수와 이야기를 듣는 마리안네 여사는 여러 가지 감정이 교차하여 혼란스러워졌다. 우리는 이제 이 지나간 연애사건들의 내용을 이야기하고자 한다. 하지만 독자들의 이해를 돕기 위해 모든 이야기를 적당히 나누고, 정리하여 배치하려고 한다.

1. 오색방울새[살로메]

살로몬 란돌트는 아름다운 여인 살로메가 태어난 가문의 문장(紋章)에서 오색방울새라는 이름을 얻어냈다. 피리새라는 작은 새를 표현한 이 가문의 문장은 그녀의 집 대문 위에 그려져 있었다. 다른 여러 가정의 문장에도 그렇게 지저귀는 작은 새들이 그려져 있었다. 그러므로 예전에 살로메라고 불렀던 이 아가씨에게 란돌트가 오색방울새라는 이름을 붙여준 이유를 알 수 있다. 살로몬이 그녀를 알게 되었을 당시에 그녀는 오히려 매우 위풍당당한 처녀였다.

그 당시엔 공유 영지와 태수들의 저택 이외에 성, 전답, 그리고 재판권—어떤 것은 재판권이 없었다—이 있는 옛 영주들의 저택이 많이 있었다. 이것들을 시민들이 자주 소유주를 바꾸며 재산의 형편에 따라 개인소유로 사서 얻기도 하고 팔고 떠나기도 하였다. 이런 제도는 시민혁명 때까지 자본투자와 농장을 경영하기 위한 지배적인 방식이었으며, 귀족이 아닌 사람들에게도 지체 높은 신분에 걸맞은, 고상하게 들리는 귀족칭호를 얻어 나라의 통치에 정신적으로 참여하는 수단으로 이용할 수 있는 이점을 제공했다. 이러한 관행 덕분에 남보다 형편이 좋은 많은 시민은 여름같이 좋은 계절에 주인으로서 혹은 손님으로서 가장 아름다운 지역에 있는, 귀족들이 소유했거나 부유한 시민들이 사들인 그 모든 영지에서 옛 봉건시대의 지배자들과 재력가들처럼, 서로 반목하거나 전쟁을 치르는 수고도 하지 않고 지극히 평화롭게 살았다.

바로 그러한 곳에서 살로몬 란돌트는 그의 나이 스물다섯 살 때쯤 젊은 살로메와 만났다. 그들은 족보상 아주 먼 친척 관계에 있었기 때문에 자기들끼리는 더는 친척이라 여길 수 없었지만 두 사람의 관계에서는 친한 감정을 느끼고 있었다. 그 밖에도 그들은 비슷하게 소리 나는 이름 때문에 사람들에게 기분 좋은 관찰의 대상이 되었다. 그래서 그들에겐 싫지 않은 여러 가지 재밌는 일이 일어났다. 그들의 이름을 부르면 그들은 동시에 뒤돌아보고 얼굴을 붉히면서 내가 아닌 다른 사람을 부른다는 것을 알게 되곤 했다. 그들은 둘 다 똑같이 예쁘고 잘 생겼고, 똑같이 경쾌하고 쾌활했기 때문에 호의적인 친구들에겐 그들이 서로 어울리고 둘의 결합이 애초에 실현 불가능한 것은 아닌 것처럼 보였다.

하지만 살로몬은 그 당시 자신의 가정을 꾸릴 형편이 안 되었다. 오히려 인생이라는 그의 작은 배는 출항도, 정박도 하지 못하고 항구 앞에서 아직도 망설이며 지그재그로 이리저리 움직이고 있었다. 그는 청년 시절 메츠에 있는 프랑스의 사관학교에 다녔다. 우선 포병술과 엔지니어 교육을 받은 다음 비군사적인 일반건축 예술에 더 집중하기 위해서였다. 그는 훗날 이 분야에서 그가 태어난 도시를 위해 봉사할 심산이었다. 이와 같은 의도에서 그는 파리로 갔었다. 그러나 원이나 잣대, 끝없는 측정과 계산은 자유로운 정신과 열정적 청춘의 혈기를 가진 그에게 너무나 지루했었다. 그래서 그는 때로는 자유롭게 연필로 그리기, 스케치하기, 붓과 물감으로 그림 그리기에 타고난 소질을 연마하는 데 몰두했고, 때로는 직접 보고 들음으로써―특히 승마에서 일어날 수 있는 일이라면―여러 가지 지식과 경험을 얻기도 했다. 그러나 엔지니어나 건축기사가 되고 싶은 마음은 더 이상 생기지 않았다. 이 사실은 그다지 부모님의 마음에 들지 않았다. 부모님의 눈에 띄는 걱정은 연대에서 복무할 자격을 갖추기 위해 적어도 시의 법원에서 일자리를 얻도록 그의 마음을 움직였다. 그는 법원에서 태평스럽고도 친절하게, 그리고 좋은 태도로 근무했다. 하지만 삶에 대한 보다 깊은 진정성과 활동에 대한 욕구는 아주 조금만 그에게 잠재해 있었다.

어쩌면 할지도 모를 결혼과 관련하여, 젊은 란돌트의 불확실한 처지에 대해 그가 예상한 것보다 더 많이 언급되었다는 것과 결혼에 관한 모든 면이 더 철저하게 검토되었다는 것은 당연하다. 한해가 시작될 때 농부들이 장래 거둬들일 수확이 불투명하면 할수록 더욱더 수많은 농부의 격언을 덧붙여가며, 그 해의 날씨에 주문(呪文)을 거는 것과 같이, 딸을 둔 어머니들은 살로몬의 순진무구한 미래의 삶에 대해 얘기하면서 그러한 그의 태도를 비난했다.

매력적인 살로메는 이러한 정황에서 살로몬의 확실한 미래의 전망과 결혼계획은 생각할 수 없는 일이지만, 반면에 유쾌하고 친밀한 교제까지는 오히려 그럴수록 허락해도 되겠다고 미루어 짐작했다. 그녀는 마드무아젤[3]이라고 불렸으며, 수도원이 아닌 자유로운 신교도적 환경에서 자란 것을 제외하고는 프랑스식 정신의 가톨릭교육을 받았다. 이런 이유에서 그녀는 일시적인 가벼운 연애조차도 위험하다고 생각하지 않았다.

천진스럽게도 살로몬은 곧바로 그의 솔직한 마음에서 싹튼 사랑에 빠졌다. 하지만 그는 추근추근하게 굴거나 불손하게 행동하진 않았다. 이리하여 둘 중 한 사람이 언제나 손님대접을 잘하는 성의 영지에 들리면, 다른 한 사람도 오래지 않아 그곳에 모습을 나타냈다. 그래서 이런 일들의 결과는 오직 사람들을 즐겁게 하는 알아맞히기 게임으로 나타났다. 사람들은 '그들은 결혼할 거야! 그들은 결혼하지 않을 거야!'라고 알아맞히기를 하며 즐거워했다.

그런데 어느 아름다운 날 갑자기 어떤 결정적 일이 벌어지는 것 같았다.

젊은 시절 농업에 관한 여러 가지 지식을 이미 습득하고 여러

---

3 Mademoiselle: 호칭으로 사용되는 프랑스어(아가씨, 양, 미스).

곳을 여행하면서 열심히 농업에 대한 지식을 넓혔던 살로몬은 영지주인의 마음을 움직여 햇빛이 잘 드는 언덕에 있는 초원에 벚나무를 심게 했다. 살로몬은 어리고 가느다란 나무들을 직접 조달하여 손수 땅에 심기 시작했다. 그 나무 중에는 그가 붉은색과 교대로 줄을 맞춰 심으려고 했던 신품종 흰 벚나무가 있었다. 그런데 그 나무가 약 50그루나 되었기 때문에 짧은 봄날 하루 온종일 걸릴지도 모르는 작업이라는 것이 문제였다.

그런데 살로메가 기꺼이 그 일에 동참해서 가능한 한 그를 돕고 싶어 하자 아무도 그녀를 말리지 못했다. 그녀가 웃으면서 말한 바로는, 자기가 훗날 영지의 주인과 결혼하게 될지도 모르니까 그런 일들을 미리 배워둬야 하기 때문이라고 했다. 실제로 그녀는 넓은 챙모자를 쓰고 약간 떨어져 있는 초원으로 나가서 아주 열심히 그를 도와가며 함께 일했다. 살로몬은 나무의 줄을 맞출 정확한 선과 나무와 나무 사이의 간격을 쟀다. 이때 살로메는 끈을 펼치거나 말뚝을 박는 일을 도왔다. 살로몬은 부드러운 땅속에 자기가 원하는 만큼의 크기로 구덩이를 팠다. 그가 다시 구덩이를 메우고 흙을 알맞게 다지는 동안 살로메는 연약한 어린나무를 똑바로 세워 들고 있었다. 그러고 나서 살로메는 하인이 왔다 갔다 하면서 물을 채워놓은 통에서 나무를 생기 있게 해줄 물을 물뿌리개로 담아 와서 살로몬이 요구한 만큼 그렇게 충분히 어린나무들에 뿌려주었다.

정오 무렵 태양의 움직임으로 새로 심은 어린나무들 주위에 그늘이 드리워졌을 때였다. 오색방울새의 부모는 재미삼아 농부들에게나 어울리는 시골 음식을 부지런히 일하는 두 사람에게 내왔다. 그들은 푸른 풀밭에 앉아 그 음식도 아주 맛있게 먹었다. 그러자 살로메는 자기가 그렇게 열심히 일하였으니 농부의 딸처럼 지금 포도주 몇 잔을 마셔도 되겠다고 주장했다. 포도주를 마신 데다 저녁 무렵까지 쉬지 않고 계속 움직여서 그녀의 사랑 감정은 더 강하게 드러났다. 그 감정은 삶의 지혜의 빛으로 다가왔다가, 달이 태양을 가릴 때 잠시 어두워지듯, 그녀의 건전한 이성을 어둡게 했다.

살로몬은 일을 할 때 매우 진지하고 꾸준한 태도를 보였으며, 무척 재치 있고 양심적으로 일해냈다. 이때도 그는 한결같이 아주 쾌활하고, 친밀하고 즐겁고 행복해 보였다. 그는 온종일 한순간도 불손한 시선이나 말로 자기 분수를 잊어버리는 일이 없이 겸손하게 처신했다. 그래서 오늘처럼 이렇게 평생을 이 남자와 보낼 수 있겠다는 기분 좋은 확신이 그녀에게 들게 할 정도였다. 따뜻한 사랑의 감정이 그녀의 마음을 사로잡았다. 마지막 벚꽃 묘목이 단단히 땅속에 박히고 더 이상 할 일이 없게 되자 그녀는 가벼운 한숨을 쉬며 말했다. "이렇게 모든 일이 끝났네요!"

살로몬 란돌트는 그녀가 내뱉은 감동적인 이 말에 감명받아 행복해하면서 그녀를 바라보았다. 그러나 그는 아름다운 얼굴에

비친 석양의 광채 때문에 그녀의 얼굴이 햇빛으로 붉어졌는지 혹은 사랑의 감정 때문에 붉어졌는지 알 수 없었다. 하지만 그녀의 눈은 석양빛보다 더 강하게 빛났다. 그들은 둘 다 동시에 무의식적으로 양손을 내밀었다. 하지만 더 이상의 일은 일어나지 않았다. 마침 하인이 갈퀴와 물뿌리개와 나머지 기구를 가지러 왔기 때문이다.

이렇게 감정이 변한 상태로 그들은 자신들이 심어놓은 아름다운 벚꽃 길을 통해 집으로 돌아왔다. 그들은 사랑에 빠진 눈으로만 서로를 볼 수 있었기 때문에 오색방울새 부모의 집에서는 예전처럼 더 이상 자주 만나지 않았다. 하지만 그들은 서로의 입장을 배려하면서 전보다 더 조심스럽게 왕래했다. 이렇게 함으로써, 그리고 더욱이 그녀에게 생기를 불어넣음과 동시에 그녀의 마음을 진정시킨 것 같은 어떤 만족을 통해서 뭔가 새로운 일이 일어났다는 것은 확연히 명백해졌다.

하지만 살로몬은 여러 날을 미루지 않았다. 그는 그녀에게 몇몇 암시적인 말을 속삭였는데, 그녀는 그 말뜻을 알아들었다. 그러고 나서 그는 양가에서 약혼 가능성을 얻어내기 위해 말을 타고 쏜살같이 취리히로 갔다.

그러나 그에게 우선 급한 일은 사랑하는 여자에게 자기 마음을 편지로 표현하는 것이었다. 그런데 가장 중요한 내용을 편지에다 쓰기도 전에 자기의 출신과 미래의 전망을 불가사의할 정도로 미심쩍게 묘사함으로써 그녀의 애정이 확고한가를 시험해 보려는 호기심이 그를 자극했다.

그가 제일 먼저 쓴 것은 모계와 관련된 것으로서 분명 독특한 성격을 가진 일이었다.

그의 어머니 안나 마르가레타는 홀랜드 보병부대의 장군이었으며 뷜프링엔[4]의 영주 살로몬 히르첼의 딸이었다. 그는 세 아들과 함께 거액의 홀랜드 연금을 받았으며 그 돈으로 앞서 언급한 바 있는 빈터투어 부근의 재판권이 딸린 뷜프링엔 영지에서 유명할 정도로 기이한 삶을 살고 있었다. 사슬에 매인 개 대신, 방심하지 않고 포효하고 요란한 소리를 내며 저택의 대문에 묶여있는 늑대는 단번에 독특한 성품을 가진 집주인의 상징물로 간주할 수 있었다. 안주인이 일찍 죽은 후에, 그리고 아버지가 자주 부재중일 때 자식들은 각자 자기가 원하는 대로 행동했다. 세 딸은 물론 아들들도 알아서 스스로 자랐다. 그것도 될 수 있는 대로 아주 거칠게 말이다. 아버지인 늙은 장군이 집에 있을 때만, 즉 아침에는 북을 쳐서 기상 시간을 알리고, 저녁엔 귀가시간을 알리는 음악 소리가 날 때에는 어느 정도 질서가 찾아들었다. 그런데 저마다 다른 사람에 대해 개의치 않고 걱정 없이 살았다. 맏딸인 란돌트의 어머니가 살림을 맡아 했기에, 그녀에게 지워진 의무가 그녀를 가족 중에서 가장 훌륭하고 분별 있는 인물이 되게 했다. 그럼에도

---

4 Wülflingen: 스위스 취리히주에 있는 빈터투어(Winterthur)시의 북서쪽 자치구.

불구하고 그녀도 남자들과 말을 타고 거친 사냥을 하러 나갔으며, 채찍을 휘둘렀고, 째지듯 날카로운 소리가 울려 퍼질 정도로 손가락으로 휘파람을 불었다. 그 집 남자들은 그들의 습관과 행동을 유머러스한 방법으로 자기네 건물들 벽에 그려 넣게 하는 관습이 있었다. 그래서 어떤 정자 안에도 그림 하나가 그려져 있었다. 늙은 장군이 세 아들과 이미 출가한 맏딸과 함께 자갈길과 들판을 지나 말을 타고 질주하고, 어린 살로몬 란돌트는 위풍당당한 어머니 옆에서 말을 타고 가는, 반인반마의 괴물 가정을 제대로 묘사한 그림이었다.

그런 기마행렬은 때때로 사냥꾼과 개들을 피해 달아나다가 결국 잡히도록 길든 온순한 사슴을 쫓곤 했다. 그러나 그런 일은 단순한 승마연습에 불과했다. 그들은 실제로도 끊임없이 사냥을 했는데, 오직 연회나 수많은 익살극과 교대로 할 뿐이었다. 그 익살극들은 성주가 주민들을 법정에서 판결할 때 이용하는 도구로 발전되기도 했다.

이미 말한 대로, 이런 모든 거친 성격에도 불구하고 밝은 이성과 명랑한 기분으로 란돌트의 어머니는 도덕적으로 훌륭한 예의범절을 유지할 수 있었다. 그래서 그녀는 친정이 망했는데도 훗날 그의 자녀들에게 신뢰할만한, 성실한 친구로 남았다.

1755년 늙은 장군이 사망하고 란돌트의 어머니 안나 마르가레타가 자신의 가정을 이루어 결혼하고 집을 떠난 후에 아들들,

즉 란돌트의 삼촌들은 날마다 더 무질서해지는 생활에 빠져들었다. 소유지의 경계를 무시했기 때문에 그들의 사냥은 이웃 농장주들과의 격심한 싸움으로, 그리고 하인들을 학대하는 일로 변질되었다. 설교단에서 삼촌들에게 설교했던 어느 목사가 말을 타고 자기네 숲을 통과했을 때 그들은 목사를 덮쳤다. 그들은 채찍을 들고 목사의 뒤를 쫓아 그를 퇴스 강⁵으로 몰아넣더니, 그곳을 지나 계속해서 들판으로 내몰았다. 결국, 목사는 자기의 말과 함께 쓰러졌고, 무릎을 꿇고 앉아 떨면서 용서를 빌었다. 그러나 그들은 복면한 사람들을 시켜서 이 행위에 대해 그들에게 부과된 상당한 액수의 벌금을 걷어서 도시로 가고 있던 법원의 집사들을 습격하게 하여 돈을 다시 뺏어오게 했다.

삼촌들이 저지른 무의미한 낭비 외에도 여러 주 동안 쉼 없이 빠져버린 놀음중독까지 겹쳤다. 그들은 꾀어내어 유혹한 사람들에게서 모든 재산을 빼앗았다. 그런 다음 그들은 기사의 명예를 유지하기 위해서, 희생자들에게 설욕의 기회를 주어, 뺏은 액수의 두 배를 그들에게 다시 잃을 때까지 그렇게 오랫동안 계속 놀음을 했다. 그러나 결국엔 모든 것이 슬픈 결말을 맺었다. 그들은 차례로 성을 떠나야 했고, 막내아들은 통치권과 소작료, 삼림과 전답, 집과 농장을 순서대로 헌납하고 서둘러 도망가야 했다. 형제중 한 명은 외국의 갱생원에서 보살핌을 받을 정도로 비참해졌다.

---

5 Töss: 스위스 남동쪽에 있는 강.

둘째 아들은 한동안 고독하게 숲 속 산장에서 살았으나 채무자들에게 시달리고 병으로 황폐해져 그 옹색한 은신처를 떠나 머나먼 미지의 나라로 사라지지 않으면 안 되었다. 셋째 아들은 다시 외국의 전쟁터로 도피하여 용병으로 근무하다가 그 역시 죽었다.

하지만 마지막 순간까지도 거친 익살스러운 기질은 형제들을 떠나지 않고 남아 있었다. 성을 양도하기 전에 그들은 소박한 궁정화가에게 자신들이 집행한 마지막 법정의 송사를 포함하여 모든 몰락하는 장면들과 못된 행위들을 벽에 그리게 했다. 난로 뒤에는 모든 양도한 토지의 문서들과 특허장들의 제목이 눈에 띌 정도로 화려하게 그려져 있었다. 그리고 달빛에 비친 숲 속의 공지에서는 여우, 토끼, 오소리들이 몰락한 주인의 훈장을 가지고 놀고 있었다. 그러나 그들은 마지막으로, 모자를 팔에 끼고 경계석 근처에서 소유구역의 경계선을 위엄 있게 지나가는 자신들의 뒷모습을 문 위에 그리게 했다. 경계석 아래에는 '아멘!'을 거꾸로 쓴, '이제 끝났다는 의미의 '네마Nema'라는 단어가 쓰여 있었다.

살로몬 란돌트는 이제 꺼림칙한 생각이 들게 하는 이런 이야기들을 살로메에게 보내는 편지에 차근차근 설명하면서 그의 마음은 우울한 걱정으로 변했다. 세 삼촌의 불행한 피가 유전되어 그런 운명이 그에게 다시 되살아날지 모르고, 오로지 운이 좋아 그의 고결한 어머니를 피해갔을지 모른다는 걱정스러운 생각이 들었던 것이다. 하지만 그러기는커녕 오히려 그 불행이 거의 자연적으로 그에게 또다시 나타날지 모른다고 그는 결론지었다. 그래도 그런 불행에 소신 있게 대항해서 맞서 싸우는 것이 그의 확고한 의도이기도 하다고 썼다. 그러나 그는 여행 중에 도박을 하여 많은 돈을 잃어 어머니가 몰래 도와줘서 겨우 손실액을 메울 수 있었다는 것을 이 자리에서 고백해야겠다고 썼다. 그는 이미, 아버지 몰래 남의 돈으로, 자기 재력을 초과하여 여러 필의 말을 사서 소유하고 있다는 것도 썼다. 현금에 관해 말하자면, 질서 있는 살림을 하는 가장에게 당연한, 즉 현금을 제대로 쓰는 방법을 거의 배운 적이 없다는 것은 거의 확실한 거나 다름없다는 것도 썼다.

삼촌들의 더욱더 가벼운 성격적 특징, 즉 벽에 낙서하는 버릇을 포함하여 승마와 사냥, 해학과 농담을 좋아하는 것까지도 자기 안에 존재한다고 했다. 그는 이미 소년 시절에 아버지가 태수로 있었던 벨렌베르크 성[6]의 벽에 석탄과 빨간 기와 돌로 수백 명의 전사의 모습을 그린 적이 있었기 때문이다.

그는 정직한 인간으로서 자기가 매우 사랑하는 살로메 양에게 그러한 심각한 걱정거리들을 감춰서는 안 될 것 같다고 썼다. 오히려 베일에 가려져 있는 미래의 문턱을 넘어설 중대한 행보를 충분히 고려해볼 기회를 그녀에게 주어야 한다는 것이었다. 그녀가 신에게 간청하여 도움을 받아 감히 그와 장래를 함께하기로 하든지, 또는 그녀가 올바르고 칭찬받을만한 조심성으로 행동하고 어

---

6 Schloss Wellenberg: 스위스 투르가우(Thurgau)주에 있는 성.

두운 운명을 피해 전적으로 자유롭게 소중한 자신을 지키든, 어찌 되었든 간에 그녀에게 생각할 기회를 주어야 할 것이라고 썼다.

편지를 보내자마자 살로몬은 그런 편지를 쓴 것을 후회했다. 왜냐하면, 편지의 내용이 쓰는 과정에서 점점 더 심각해졌고, 말하자면 그가 애초에 생각했던 것보다 더 그럴싸하게 되어버렸기 때문이다. 그가 미래를 낙관적으로 바라보았음에도 불구하고 사실 모든 것이 그가 편지에 쓴 것처럼 그런 형편이었던 것이다. 그러나 이젠 일을 변경하기엔 너무 늦었다. 마침내 그는 편지내용이 그대로 받아들여진다면 살로메가 자기를 정말로 좋아하는지 가늠할 수 있겠다는 욕구를 다시 느꼈기 때문이다.

기대했던 대로 편지의 내용은 성공적이었다. 그녀는 즉시 자기와 살로몬 사이에 일어난 일을 어머니에게 고백했다. 어머니는 그 새로운 사실을 아버지와 의논하였고, 사람들이 다 그를 좋아하긴 해도 이해되지 않는, 전망이 불확실한 젊은 남자와의 결혼은 바람직하지 못하며 심지어 위험하다는 입장이 표명되었다. 편지가 도착했을 때 그녀의 부모는 큰 소리로 말했다. "그 사람 말이 옳아, 옳고말고! 그 사람의 우직스런 솔직함은 칭찬받을만하지!"

걱정이 많은, 더구나 불행한 삶을 상상할 수 없는 착한 살로메는 하루 온종일 통곡하더니 분별없이 그녀의 마음을 시험해본 살로몬에게 짧게 답장을 했다. "안될 것 같아요! 여러 가지 중요한 이유로 안 될 것 같아요!" 그녀는 또 일을 더 이상 발전시키지 말 것이며, 하지만 그녀에 대한 우정을 간직하라고 썼다. 그녀도 진심으로 기꺼이, 언제라도 변치 않고, 그 남자에 대한 우정을 보여줄 용의가 있는 것처럼!

몇 주 지나지 않아 그녀는 어느 부자 남자와 약혼했다. 이 남자의 여러 상황과 성격들은 확실한 미래를 보장하는 데 대해 아무런 의심이 들게 하지 않았다.

란돌트는 반나절 동안 좀 우울했다. 그러다가 그는 불쾌감을 털어버렸으며, 밝은 표정을 지으며 자기가 위험에서 벗어났다고 평가했다.

2. 어릿광대[피구라]

태수가 어릿광대라고 부른 연인의 이름은 생략하지 않고 상세히 설명해도 된다. 그녀의 가문은 사멸했기 때문이다. 그녀는 피구라라는 구식 세례명을 쓰고 있었으며, 기지가 넘치는 시의회의원이자 개혁파 인사였던 로이 씨의 조카딸이었다. 그래서 그녀는 피구라 로이라고 불렸다. 그녀는 아주 활달한 여자였다. 그녀의 금발 곱슬머리는 무척 애를 써야만 유행하는 머리 모양에 맞출 수 있어서 집안의 전속미용사와 매일 전쟁을 치렀다. 피구라 로이는 거의 춤추고 뛰고, 그리고 관객이 있건 없건 수많은 장난을 즐기는 재미로만 살았다. 초승달이 뜰 때에만 그녀는 좀 조용했다. 그때가 되면 눈언저리에 익살 끼가 서려 있는 그녀의 눈은, 좀벌레들이 눈에 띄지 않게 아래쪽에 달라붙어 있다가 모기 같은 벌레가 수면 아주 가까이 스칠 때면 기껏해야 한번 펄쩍 튀어 오르는, 푸르스름한 물과 같았다.

그러나 그때를 제외하고 평상시에 그녀의 즐거움은 이미 일요일 일찍부터 시작되었다. 그녀의 숙부는 개혁위원회의 일원, 즉 종교 및 관습의 개선을 감독해야 하는 관청의 위원으로서 일요일에 성문 밖으로 나가려고 하는 주민들에게 하나의 표지를 수단으로 외출을 허락해주는 책무를 맡고 있었다. 주민들은 이 표지를 성문지기에게 제출해야 했다. 왜냐하면, 허락을 받지 않은 다른 모든 사람에게는 예배가 있는 날에 도시를 떠나는 것은 엄격해진 도덕률에 의해 금지되었기 때문이다. 계몽된 숙부 자신은 그 일이 그를 지나치게 성가시게 하지 않을 경우엔 이런 역할을 은근히 재미있어했다. 왜냐하면, 종종 일요일에 갖가지 다양한 구실을 대어 도시 밖으로 나가려고 애쓰는 수백 명에 달하는 사람들이 나타났기 때문이다. 그런데 피구라 아가씨는 숙부보다 그 일을 더 재미있어했다. 그녀는 청원자들을 넓은 현관에 우선 분류해 놓고 그들이 들이대는 이유의 종류에 따라 세워 놓은 다음 계층별로 나누어 개혁위원의 방으로 들여보냈다. 하지만 이런 계층들의 분류는 청원자들이 구실로 댄 이유에 따라서가 아니라, 그녀가 사람들의 얼굴을 보고 예측한 진짜 이유에 따라 만들어졌다. 이처럼 그녀는 실수 없이 견습공들, 수공업기능인들과 하녀들을 일괄 편성하여 함께 세웠다. 그들은 병든 장인(匠人)들을 위해 외지의 의사에게 가야 한다는 핑계를 대고 멀리 떨어져 있는 교회의 축성식 무도회나 추수감사 무도회에 가려고 했다. 이 사람들은 모두 그 핑계를 상징하는 물건으로 빈 약병, 연고 통, 약 상자 혹은 심지어 작은 물병을 들고 왔다. 익살맞은 아가씨의 명령에 따라서, 그들은 모두 성 밖으로의 외출을 허락받을 때 그러한 물건들을 조심스럽게 손에 들고 있었다. 그다음엔 소박한 소원을 갖고 한 무리의 남자들이 왔다. 그들은 시민적 특권을 즐기면서 조용한 물가에서 낚시하고 싶어서 이미 지렁이가 가득한 상자들을 주머니에 갖고 있었다. 이 사람들은 유아 세례, 유산청구, 가축구경 등 수백 가지의 일들을 핑계로 이용했다. 그다음엔 더 미심쩍은 젊은이들이 왔는데, 그들은 유명한 방탕아들이었다. 그들은 멀리 떨어져 있는 변두리 시골구석에 있는 도박꾼들 패거리에게 가려고 하거나, 기껏해야 볼링을 하러 혹은 술 마시는 모임에 가는 것을 목표로 한 사람들이었다. 마지막으로 연인들도 왔다. 그들은 애인에게 선물할 꽃을 꺾기 위해서, 그리고 주머니칼로 숲 속 나무들의 껍질을 벗겨 사랑의 맹세를 새겨 나무를 훼손시키려고 점잖게 성벽에서 나가려고 애쓰는 사람들이었다.

그녀는 이 모든 계층의 사람들을 전문적 지식으로 일목요연하게 정리했다. 그녀의 숙부는 여러 계층의 사람들을 아주 잘 분류했다고 생각했다. 그 결과 그는 오랜 시간을 낭비하지 않고 인간적 도리로 한 번에 내보내려고 했던 숫자만큼의 사람들을 구분하고, 나머지 사람들을 되돌아가도록 지시할 수 있었다. 너무 많은 사람이 성문을 나가지 않도록 하기 위해서였다.

살로몬 란돌트는 피구라 로이가 일요일 아침마다 사람들을 재미있게 심사한다는 소리를 들었다. 그는 직접 그런 모험을 이겨내고 싶은 강한 욕구를 느꼈다. 그래서 장교인 그는 일요일 이외에도 성문 곳곳에서 출입할 수 있었음에도 불구하고 언젠가 말을 타고 로이 씨의 집 앞으로 가서, 장화를 신은 채 성큼성큼 현관을 향해 갔다. 현관에선 방랑벽이 있는 사람들을 분류해서 정렬하는 별난 작업이 실제로 막 끝난 상태였다.

피구라는 교회에 가려고 이미 규범에 맞는 차림새를 하고 현관계단에 서 있었다. 그녀는 검은 옷을 입고 있었으며, 머리에는 수녀들의 두건과 같은 모양의 지정된 두건을 쓰고 있었고, 하얀 대리석 같은 흰 목은 허락된 금목걸로 둘러싸여 있었다. 근사하고 경쾌한 그녀의 모습에 놀라서 그는 인사하는 것을 잠시 머뭇거렸다. 그러다가 그는 웃음을 참지 못하면서 그가 서야 할 자리를 지정해달라고 공손하게 요청했다.

그녀는 무릎을 구부리고 우아하게 인사했다. 그의 질문에 심술궂은 의도가 숨어있다는 것을 알아챘기 때문에 그녀는 다시 물었다. "선생은 무슨 용무로 여행하시려는지요?"

"저녁에 손님이 오시는데 대접할 고기가 없다고 해서 어머니에게 토끼 한 마리를 사냥해서 갖다 드리고 싶습니다." 란돌트는 될 수 있는 대로 솔직하게 대답했다.

"그러시다면 저쪽에 가서 서요." 그녀는 다른 사람들에게 하는 것과 마찬가지로 진지하게 말하고 연인들이 모여 있는 쪽으로 가서 서라고 그의 자리를 지정해 주었다. 그에게 연인들이라고 표현한 것처럼 그는 수줍고 우아한 외모에서 그들이 연인이란 것을 알아볼 수 있었다. 그가 약간 당황해서 그 그룹으로 가서 서자 피구라는 또 한 번 몸을 굽혀 그에게 인사했다. 그러고 나서 그녀는 모든 것을 팽개치고 정령처럼 가볍게 서둘러 집에서 나가더니 교회로 갔다. 그녀가 사라지자, 란돌트는 천천히 현관에서 다시 슬쩍 빠져나왔다. 그는 말에 올라타고 생각에 잠겨 그의 집무를 위해 열려 있는 다음 성문 쪽으로 말을 몰았다.

적어도 이제 이 특이한 아가씨와 안면을 트게 되었다. 이 사실은 이 아가씨도 인정하는 것 같았다. 그가 피구라와 마주칠 때마다 그녀는 친절하게 그의 인사를 받았기 때문이다. 심지어 그녀는 어떤 예의범절에 구속되어 있지 않았기에 가끔 명랑하게 고개를 끄덕이며 그에게 먼저 인사를 하기도 했다. 언젠가 그녀는 바람에 날려 온 것처럼 거리에서 갑자기 그의 앞으로 오더니 이렇게 말했다. "이제 토끼 잡는 사람이 누구인지 전 알아요! 안녕히 가세요, 란돌트 씨!"

그녀의 이런 태도는 솔직하고 트인 성격인 란돌트를 무척 기분 좋게 했다. 그녀는 애정이 듬뿍 담긴 친밀함으로 이미 오색방울새에게 상처받은 그의 마음을 채워주었다. 그녀에게 더 가까이 가기 위해 그는 그녀의 오빠와 교제하려고 애썼다. 그들 남매는 어려서부터 고아가 되었기 때문에 오빠도 여동생과 같이 숙부 집에서 살았다. 살로몬은 그녀의 오빠 마르틴 로이가 젊은 남자들과 소년들의 연합모임에 참가한다고 들었다. 그 모임은 조국의 역사를 위한 연맹이라 불렸으며 노이마르크트[7]에 있는 연맹회관에서 회합을 했다.

그들은 상류층의 청년 중에서도 야심을 가진, 다혈질의 사람들이었다. 그들은 '조국의 역사를 위한 연맹'을 구호로 삼아 더 나은 미래를 바라면서 이른바 두 계급, 즉 종교적 지배와 세속적 지배의 어두운 감옥에서 벗어나려고 하는 사람들이었다. 계몽, 교양, 교육, 인간적 위엄이라는 주제들, 특히 시민의 자유 같은 위험한 주제가 강연이나 자유로운 대화에서 지나칠 정도로 열정적으로 다루어졌다. 이것은 아버지 세대가 그 이념들이 결코 실현되지 못했다는 것을 이미 주목했고, 스위스란 나라에 대해 구도시 취리히의 독립이 보장되었다는 것을 의심할 여지가 없을수록 더욱 그러했다. 사실 수백 년이 지나면서 모든 소유재산은 정당한 돈으로 적법하게 사들인 것이어서 국가의 고문서들은 개인의 매매계약서와 마찬가지로 합법적이었다.

그와 반대로 입법권, 즉 헌법을 변경할 권리가 모든 시민에게 있는가 혹은 당국에 있는가에 대한 토론은 당국이 항상 예리하게 관찰하고 있어서 은밀하게 행해질 수밖에 없었기 때문에 더욱더 즐거운 주제였다. 통치자들이 가장 까다로운 자 중 하나라고 표현

---

7 Markt: 시장(광장)의 뜻. Neumarkt: 시장(광장)의 이름.

한 시민들이 분개할 때면 그들은 토론의 후폭풍이 지나갈 때까지 바로 뒤로 물러났다. 그런 다음 통치 당국은 날씨의 변화를 나타내는 기압계에 달린 작은 형상처럼 다시 나타났다. 그리고 당국은 이전처럼 다시 모든 사람에게 오로지 신이 파견한 신비스럽고 추상적인 난폭자로 남아 있었다.

이념과 싸우는 젊은이들에게는 더욱더 열정적이고 진지한 정신이 필요했다. 그들 중 몇몇은 엄격한 청교도주의에 심취해 있었다. 외적인 것을 개선하려고 하지만 근본적인 것을 건드리지 못하는 사람들처럼 그들은 사치와 지나친 향락에 열렬히 반대하며 싸웠다. 그런데 그것은 도덕적 규칙과는 완전히 다른 의미였다. 그들은 기독교적 국가에서 신하의 겸손을 원하는 것이 하니라 엄격한 공화주의자의 미덕을 원했던 것이다. 여기에서 곧 두 개의 분파가 생겼는데, 하나는 더욱 밝게 사는 관용주의자들의 분파였고, 다른 하나는 이들을 감독하고 질책하는 음울한 금욕주의자들의 분파였다. 어떤 한 회원은 금시계를 차고 있다가 그 시계를 벗지 않으려고 해서 이미 축출당했고, 다른 사람들은 지나치게 풍요로운 삶의 양식 때문에 경고를 받았으며 간시당했다. 청년언맹의 최고의 멘토는 요한 야콥 보드머[8] 교수였다. 그는 문필가로서, 예의범절 순화자로서는 이미 시대에 맞지 않는 사람이었지만, 시민으로서, 도덕선생으로서는 매우 현명하고 깨우친, 사고방식이 자유로

---

8 Johann Jakob Bodmer(1698-1783): 스위스의 어문학자.

운 사람이었다. 그런 사람은 몇 명 되지 않았으며, 지금은 전혀 없다. 그는 자신이 통치자들과 전통주의자들에게는 젊은이들을 잘못 인도하는 사람으로 여겨진다는 것을 잘 알고 있었다. 그러나 그의 명망은 너무도 확고해서 그는 그런 것을 두려워할 필요가 없었을 정도였다. 젊은 사람 중에서 엄격한 관습법을 추종하는 집단은 그의 특별한 추종자였다.

어느 날 살로몬 란돌트는 이 모임, 즉 청년연맹에 가입하게 되었다. 그는 토의가 시작되기 직전에 로이라는 젊은이를 알게 되었고, 로이는 금세 살로몬이 맘에 들었다. 그러나 그들은 말없이 있어야만 했는데, 오늘 보드머교수가 젊은이들에게 윤리적 내용의 논문을 읽어주고 그들에게 비슷한 종류의 과제를 내주기 위해서 몸소 30분간 나타났기 때문이었다. 란돌트는 생각이 다른 곳으로 왔다 갔다 했기 때문에 거기에 별로 주목하지 않았다. 그는 자기보다 더 지루해 하는 것 같은 피구라 로이의 오빠를 간간이 쳐다봤다. 두 사람은 공식적인 보드머 강연이 끝났을 때 마음이 홀가분해짐을 느꼈다.

그런데 이제 결정적인 순간이 왔다. 진지한 사람들은 적어도 30분간은 서로 대화를 나누며 함께 있는 것이 명예로운 일이라고 생각한 반면, 경박한 사람들은 음식점에서 좀 즐기기 위해서 좋은 기회를 봐서 달아나려고 애썼다. 사람들은 도망치는 젊은이들의 사회적 신분 같은 가치를 고려하여 경멸하거나 격분하며, 또 몹시 얕보는 눈초리를 보내면서 몰래 도망치는 행위에 대해 언급했다. 이미 여러 사람이 그런 식으로 도망친 후에 마르틴 로이도 순진한 란돌트의 소맷자락을 잡아당기더니 그에게 조용히 속삭이면서 자기와 같이 맛있는 포도주 한잔 마시러 가자고 유혹했다. 란돌트는 망설이지 않고 로이와 함께 그곳을 떠났다. 그런데 란돌트는 거리에서 로이가 자기를 데리고 그곳을 빠져나가는 솜씨에 놀랐다. 로이는 갑자기 큰길을 가로질러 뛰더니 란돌트를 잡아끌면서, 될 수 있는 대로 빨리 슈타인가세[9]로 올라간 다음 빈민들이 사는 구역인 미로 같은 빈민굴을 지나 애써 어두운 골목 뢰벤가세를 향해 갔다. 그들은 이 골목에서 적십자사 건물이 있는 좁은 에젤가세로 건너가서, 사냥꾼에 쫓기는 사슴처럼 숲 속 공터를 지나 정육점 뒤로 돌더니 아래쪽 다리 위로, 그리고 바인플라츠[10]로 달려가서, 베겐가세로 올라가더니 슐리셀가세를 통해 로터만 식당 옆 슈토르헨가세를 지나서, 쳄벨가세를 뒤로한 다음 다시 리마트거리에 도착해서 오른쪽으로 돌더니 마침내 궁전같이 멋진 수공업협회의 새 건물로 들어갔다.

젊은 두 남자는 웃고 달리고 해서 숨이 차 철제 계단의 난간을 붙들고서 한숨 돌리려고 잠깐 쉬었다. 철제난간의 계단은 지금도 당시 금속세공술의 자랑으로서 이목을 끌고 있다. 로이는 이리저

---

9 Gasse: '골목길'이란 뜻의 독일어.

10 Platz:광장. Weinplatz: 광장의 이름.

리로 달려 감시자들의 시선을 피해 달아나는 것이 얼마나 중요했던 상황이었던 가에 대해 자기의 새 친구에게 알려줬다. 모든 종류의 비겁한 행동을 적대시하는 란돌트는 그런 장난스러운 행동에 대해 적잖이 기뻐했다. 무엇보다도 그 장난이, 자기 마음에 드는 바로 그 여자의 오빠에게서 시작되었기 때문이었다. 그들은 즐거운 마음으로 불이 환하게 켜진 연회실로 들어갔다. 연회실 벽에는 다양하고 커다란 식탁에 앉아있는 손님들에 걸맞은 수많은 검과 삼각 모자들이 걸려있었다.

보수적 진영의 정찰자가 자세히 기록한 바로는, 조국의 역사를 위해 다시 모인 이 사람들이 먹은 음식은 작은 구운 소시지, 고기만두, 머스캐트포도주, 말바시아포도주라고 불리는 것 들이었다. 그 정찰자는 모든 골목을 쫓아다니며 마지막 도망자 두 명을 몰래 미행했고, 이제는 모자를 이마까지 깊숙이 눌러쓰고 회전문에 서서 그 두 남자가 접시에 담은 음식을 자세히 기록했던 것이었다. 그 모든 일은 집에서 그들을 기다리고 있던 저녁 식사 전에, 위대한 아버지 보드머 교수가 '시민공화국의 효모로서의 자제력의 필요성'이란 제목의 연설을 들은 후에 일어났다.

그렇다고 해서 젊은 향락주의자들은 밥맛이 더 줄어든 것이 아니었다. 진정한 사나이들의 미덕인 우정은 이렇게 은밀한 식사를 할 때도 절정을 이루었다. 왜냐하면 마르틴 로이는 살로몬 란돌트와 평생을 같이 할 막역한 우정을 맺었기 때문이다. 이때만

해도 로이는 살로몬이 자기 여동생을 여자 친구로 삼길 원한다는 것과, 이 밖에도 그가 자신을 위한 환락에 그다지 많은 관심을 두지 않는 절제하는 남자라는 것을 아직 눈치채지 못하고 있었다.

그들의 무절제한 행동의 결과들이 곧 나타났다. 엄격한 도덕주의자들은, 보드머에게 사전에 알리지 않고, 일을 착수해서 두 젊은이를 비밀리에 당국에 고발할 기세였다. 사실 당국은 그들을 관대하게 처리할 생각이었다. 실제로 이 사건은 비공개 심의사항으로서 최고 윤리 관리부, 즉 개혁위원회에 송치되기에 이르렀다. 그러나 명망 있는 집안의 아들들인 데다가 재능 있는 젊은 남자들인 죄인들을 호의적으로 구두 경고에 처하는 것이 현명하다고 판단되었다. 그래서 이 사건은 목적 달성에 적합하게 조용히 끝내도록 각 개혁위원에게 한 명 혹은 두 명을 은밀하게 넘기는 방법으로 처리되었다.

나이 많은 로이 씨는 당연히 자신의 친조카와 그의 특별한 공범자 살로몬을 배정받았다. 살로몬 란돌트가 일요일 정각 12시 시의회 의원인 숙부댁에 점심식사 초대를 받았을 때 숙부 로이 씨는 무슨 문제인지 이미 조카에게서 전해 들었나. 란돌트는 기대에 가득 차서 엄숙한 일요축제일이어서 시민들이 다니지 않는 텅 빈 골목길들을 가로질러 갔다. 파이가 담긴 수많은 무거운 바구니들을 손에 든 하인들만 조용한 거리, 광장, 다리 위로 다니고 있었다. 그들은 엄숙한 홀랜드의 함정들 같았다. 살로몬은 얼마간의 간격을 두고, 그리고 점점 더 흥분된 마음으로 이 행렬 중 한 무리를 따라갔는데, 그는 이 행렬을 이끄는 사람을 알고 있었다. 그는 피구라 로이를 보기를 바랐고, 동시에 그녀가 있는 데서 시의원에게 질책당할 위험한 행동을 하고 있었기 때문이었다.

"선생은 훈계를 받겠지요!" 그가 복도를 따라 걸어왔을 때 그녀는 복도에서 그를 향해 큰 소리로 말했다. "하지만 이걸 위안으로 삼으세요! 이것 보세요! 저도 규정을 위반했으니까요."

그녀는 살로몬 앞에서 아주 우아하게 자신의 모습을 드러내 보였다. 그는 그녀가 꽉 끼는 비단원피스를 입고 아름다운 레이스와 번쩍이는 보석이 박힌 머리띠를 한 것을 보았다.

"선생들이 질책을 받고 식사하러 올 때 제 앞에서 부끄러워할 필요가 없도록 이렇게 하는 거예요. 또 만나요!" 그녀가 말했다. 이렇게 말하고 나서 그녀는 나타났던 것처럼 그렇게나 빨리 다시 사라졌다. 규정에서는 실제로 피구라가 날씬한 몸에 걸친 모든 것이 여자들에게 금지되어 있었던 것이었다.

살로몬 란돌트는 먼저 개혁위원의 집무실로 안내되었는데, 거기서 그는 마르틴 로이를 만났다. 로이는 웃으면서 살로몬과 악수했다.

두 젊은이가 주의를 집중하여 옆에 나란히 자리를 잡은 후에 "자네들!" 하고 숙부는 연설을 시작했다. "나는 두 가지 관점에서 예법에 어긋난 행동을 한 사안에 대해 자네들에게 분명하게 설명하고 싶네." 첫 번째 관점은, 저녁 식사 전에, 그리고 여느 때와 다른 시간에 음식을 먹고 술을, 특히 포도주 같은 남쪽 지방의 술을 마시고, 빈번하게 그런 맛있는 음식과 술에 미각이 익숙해지는 것은 건강에 좋지 않네. 무엇보다도 젊은 장교들은 그런 군것질을 자제해야 할 것이네. 군것질은 일을 시작하기도 전에 남자의 몸을 뚱뚱하게 만들어 근무 부적격자로 만들기 때문이지. 두 번째 관점은, 어쩔 수 없는 경우에나, 자네들이 간식이 필요로 할 경우라 하더라도, 내 견해로는, 몰래 달아나고 수많은 어두운 좁은 골목길로 뛰어다니는 것은 젊은 시민들과 장교들의 체면을 깎는 일이라는 거야. 그와 반대로 행실이 바른 젊은 남자들은 변명하는 말을 하지 않고, 숨기지 않으며, 두려워하지 않고 자기 자신에게 책임질 수 있다고 생각하는 그런 행동만 한다네! 이제 어서 식사하러 가세. 그렇지 않으면 수프가 식겠네!"

피구라 로이는 세 남자를 식당에서 영접했다. 그녀는 익살스럽지만 고귀한 태도로 안주인 역할을 했다. 숙부가 홀아비였기 때문이었다. 놀란 표정으로 숙부는 화려하게 치장한 그녀의 모습을 보았다. 그러자 그녀는 즉시 기없은 오빠가 혼자 공개적으로 비판받지 않도록 의도적으로 규정을 위반한 것이라고 숙부에게 설명했다. 개혁위원인 숙부는 그 기발한 착상에 대해 크게 웃었다. 그러는 사이 피구라는 살로몬 란돌트가 이의를 제기해야 할 정도로 그의 접시에 음식을 가득 채웠다.

"경고의 말씀이 벌써 이렇게 잘 먹혀들어갔나요?" 그녀는 그에게 웃음 짓는 시선을 보내며 말했다.

이제 살로몬의 기분도 다시 좋아졌다. 그는 아주 유쾌해졌으며 헤아릴 수 없이 많은 기발한 이야기를 하면서 매우 즐거워했기 때문에 거의 끊임없이 피구라의 맑은 웃음소리가 크게 울렸다. 그녀는 온전히 그의 이야기에 집중하느라 자기의 재담을 이야기할 시간을 더 이상 갖지 못할 정도였다. 오로지 시의원인 숙부만 자신의 오랜 경험에서 나온 탁월한 해학으로 분위기를 즐겁게 해주면서 가끔 살로몬과 교대로 얘기했다. 그는 특히 관직 생활을 할 때, 그리고 제한적이긴 했지만, 항상 매우 열정적으로 성직 활동을 했을 때의 특징적인 사건들을 얘기했다. 그는 의회와 교회활동에서 주부들이 마음속 깊이 영향을 받았던 사실들을 재밌는 실례를 들어 공개하기도 했다. 그래서 사람들은 개혁의원 숙부가 프랑스 계몽사상가인 볼테르의 책을 읽었다는 사실을 잘 알게 되었다.

"란돌트 씨!" 피구라는 거의 정열적으로 큰 소리로 말했다. "우리에게 그런 수치스런 일이 생기지 않도록 우리 둘은 절대로 결혼하지 말아요! 약속해요!"

그러더니 그녀는 살로몬에게 손을 내밀었다. 살로몬은 재빨리 그녀의 손을 잡고 흔들었다.

"동의합니다!" 그는 웃으면서 말했지만, 그의 가슴은 뛰고 있었다. 왜냐하면, 그는 그 반대를 생각하고 있었기에 아름다운 아가씨의 말을 일종의 가장된 승낙 혹은 격려라고 생각했기 때문이었다. 시의원도 웃었지만, 교회의 종이 울려 오후 설교를 해야 할 첫 신호를 알리자 곧 우울해졌다.

"또 이런 규정이라니!" 그는 큰 소리로 말했다. 예배가 시작된 후에 집에서 점심식사를 계속하는 것도 규정상 금지되어 있었기 때문이다. 그런데 모르는 사이에 두 시가 되었던 것이었다. 아직 맛있는 음식이 많이 남아있는 아늑한 식탁을 모두 우울하게 바라보았다. 조카인 마르틴은 얼른 디저트로 마실 술병을 땄다. 그사이 개혁의원은 교회 예복을 입기 위해 자리를 떴다. 그의 지위와 도덕률이 그에게 교회에 갈 것을 명했기 때문이었다. 그는 곧 검은 성의(聖衣)에 하얀 옷깃의 주름장식을 목에 걸고 원추형의 모자를 머리에 쓰고 다시 나타났다. 그는 그래도 그의 술잔에 따라 놓은 술만은 다 마시려고 했다. 그런데 란돌트가 막 재밌는 이야기를 새로 시작했기 때문에 숙부는 잠시 다시 자리에 앉았다. 그들의 담화는 다시 진척되기 시작하여, 이미 울리기 시작했던 교회의 종소리가 완전히 다 울려 멈춰서 갑자기 주위가 조용해졌을 때 비로소 멈췄다.

숙부 로이 씨는 당황하여 말했다. "교회에 가긴 이젠 너무 늦었다. 마르틴, 술을 따라라! 비굴하지만 예배시간이 끝날 때까지 여기에 있기로 하자."

그러자 피구라 로이는 손뼉을 치면서 기뻐하며 소리쳤다. "이제 우린 모두 범죄자들이에요. 게다가 얼마나 멋진 범죄자들인가요! 그런 의미에서 우리 건배해요!"

그녀가 웃으면서 호박색 포도주가 담긴, 잘 세공된 작은 잔을 들어 올리고, 오후의 햇살이 한순간 그 술잔과 손에 낀 반지뿐 아니라 금발과 연한 장밋빛 두 뺨, 자주색 입술과 목걸이에 달린 보석들도 비추자, 그녀는 후광을 입고 서 있는 것 같았으며, 그녀의 모습은 비밀스러운 일을 축하하는 하늘의 천사처럼 보였다.

근심 없는 오빠조차 그 우아한 모습에 매료되어 빛나는 아름다움을 발산하는 여동생을 팔로 껴안고 싶었을 정도였다. 그녀를 안아도 그 아름다운 모습이 부서지지 않는다면. 숙부도 조카딸을 흡족해하며 쳐다보고 그녀의 운명을 걱정하면 나오는 한숨을 억눌렀다.

한 시간이 더 흘러 저녁때가 가까워지자 시의원은 두 젊은이에게 쉬첸플라츠로 산책하러 가자고 제안했다. 그곳은 그 광장을 에워싸고 있는 두 개의 강을 따라서 아름다운 가로숫길이 나 있는 곳이었다.

"지금 거기서 고매한 보드머가 친구들과 제자들에 둘러싸여 산책하면서 들어서 이득이 되는 훌륭한 말씀을 하고 있어." 숙부가 말했다. "우리가 보드머의 그룹에 합류하면 우리 모두 위신을 다시 회복하는 거야. 그 사이에 피구라는 일요일에 운동 삼아 항상 같은 장소에서 만나 산책하는 친구들을 찾아가면 되는 거지. 그런 다음 그들은 설탕에 절인 버찌를 그냥 나눠 먹기만 하면 되는 거야."

이 권고를 받아들여 남자들은 그가 언급한 산책로에 갔다. 산책로에서는 다양한 부류의 사람들이 함께 그룹을 이루며 이리 저리로 움직이며 산책하고 있었다. 그 사람들 가운데 실제로 보드머가 그의 추종자들과 같이 있었다. 그는 걸으면서 이상과 현실, 플라톤의 공화국과 스위스의 도시공화국의 차이에 대해 논했다. 이때 그는 문제 되는 모든 과정을 언급했고 지극히 명백하게 비꼬는 말투로 온갖 어리석음과 폐해에 대해서 말했다.

숙부와 로이, 그리고 란돌트는 적절하게 겉치레 인사를 한 후에 보드머의 행렬에 합류하여 그들과 산책을 계속했다. 살로몬 란돌트는 민첩하고 활달한 성격인 데다가 보드머의 말에 크게 주목하지 않아서 보드머의 그룹보다 곧 몇 걸음을 앞서 갔다. 그 사이보드머는 일정한 국가원칙을 따르는 공교육의 테마로 넘어갔다.

피구라 로이는 란돌트처럼 초조한 마음으로, 지금 옆길에서 나와 큰 거리로 가서 산책하고 있는 젊은 숙녀들 그룹을 앞서 갔다. 란돌트가 아주 깊이 머리 숙여 인사하자 그의 뒤에 오는 모든 남자도 마찬가지로 삼각모를 벗고 몸을 굽혀 경의를 표했다. 그러자 그들이 들고 있던 검들이 뒤로 높이 올라갔다. 피구라는 모방할 수 없을 정도로 진지하게, 그리고 대단한 격식을 갖춰 머리 숙여 인사했다. 그러자 그녀의 뒤를 따른 모든 아가씨, 즉 20여 명이나 되는 친구들도 그녀를 따라 그렇게 인사했다.

보드머가 바제도[11]의 교재를 비판하고 있었을 때, 여인들의 행렬이 이번엔 또 일직선으로 마주 향해 와서 똑같은 방법으로 인사가 이어졌다. 그 인사는 모든 사람이 다 지나갈 때까지 전보다 더 오래 계속되었다. 보드머가 자신의 희곡 작품을 약간 풍자적으로 논술한, 연극의 유용성이라는 주제로 넘어가는데, 그의 말은 또다시 의례적 과정, 즉 줄곧 이어지는 인사행렬에 의해 중단되었다. 거장 보드머의 짜증을 불러일으킬 뻔할 정도로 사람들은 끊임없이 모자를 흔들고 몸을 굽혀 절하였다.

저격대의 군인으로서 적군의 움직임을 항상 추적할 줄 알았던 살로몬 란돌트에게도 물론 어느 정도 책임이 있었다. 살로몬은 보드머와 그의 추종자들이 눈치채지 못하게 거듭 만나게 되는 길로 그 여인을 접어들게 했던 것이다. 그러나 피구라가 매번 아주 정확하고 믿음직스럽게 수없이 무릎을 구부리고 절하면서 살로몬이 하는 일에 관여했기 때문에 그는 자기가 한 행동을 후회하지 않았다. 이렇게 하루가 다 지나갔을 때 살로몬은 이날이 자기가 지금까지 체험했던 날 중 가장 멋진 날이었다고 생각하기도 했다.

---

11 Johann Bernhard Basedow(1724-1790): 계몽주의 시대의 독일 신학자, 교육자, 작가.

재미있는 아가씨 피구라는 이제 줄곧 그의 마음에 남아 있었다. 이젠 살로메, 즉 오색방울새에게 간직하고 있었던, 즐거웠던 평온한 마음은 사라졌다. 그래서 피구라 로이를 오랫동안 보지 못할수록 그녀가 없는 삶을 보내야 한다는 슬픔과 두려움이 그의 마음을 가득 채웠다. 피구라도 란돌트를 꽤 좋아하는 것 같았다. 왜냐하면, 그녀는 자신에게 접근하려는 그의 수고들을 덜어주었기 때문이다. 피구라는 모든 농담에 대꾸하고 싶고, 모든 호의적인 시선에 기분 좋게 반응하는 좋은 동료와 지내는 것처럼 살로몬과 교제했다. 그녀는 매우 빈번하게 그의 어깨에 손을 얹거나, 심지어 목에 팔을 대기도 했다. 하지만 그가 친근하게 그녀의 손을 잡으려 하자마자 그녀는 서두르다시피 손을 뒤로 뺐다. 살로몬 란돌트가 드디어 용기를 내서 다정한 말을 하거나 마음을 드러내는 눈빛을 보내려고 할 때면 그녀는 냉정하게 모른 체하며 그의 시선을 피했다. 그녀는 가끔 사소한 일로 그에게 조롱하는 듯한 말을 하기도 했는데, 그는 그것을 침묵으로 받아들였다. 그런데도 그녀가 따뜻하고 관심 있는 눈길을 그에게 보낸 것을 그는 당황한 나머지 눈치채지 못했다.

그녀의 오빠와 숙부는 젊은 사람들의 이런 기묘한 교제를 잘 알고 있었지만, 그들을 내버려두었다. 그들은 피구라의 천성을 바꿀 수 없다고 생각했고, 무엇보다도 그들은 더할 나위 없이 명예롭고 충직한 살로몬의 성격을 잘 알고 있었기 때문이다.

그런데 어느 날 이러한 관계가 해결되기에 이르렀다. 여름이 시작되자 시인 살로몬 게스너[12]가 질발트[13]에 있는 관사에 입주했다. 시민들이 그에게 질발트의 총감독을 위임했던 것이다. 그가 정말 그 임무를 직접 맡아서 수행했는지는 더 이상 밝혀낼 수 없다. 그러나 그가 그 여름별장에서 시를 썼고 그림을 그렸으며, 자주 그를 방문한 친구들과 재밌게 지냈다는 것 정도는 확실하다. 우리들의 이야기에 등장하는 살로모라는 이 새로운 인물은 그 당시 그의 인생과 명예의 전성기를 맞고 있었다. 그 명성은 이미 온 나라에 널리 퍼져 있었다. 그가 이런 명성을 얻을 만하고 그 명성에 걸맞다고 생각하는 것은 그가 욕심이 없고 친절한 인간이었기 때문이다. 이런 특성들은 진정 무언가를 할 능력이 있는 그런 인간들만 가진 것이다. 게스너의 전원시들은 절대로 수준이 낮고 무의미한 작품들이 아니라 천재가 아닌 사람은 아무도 넘어설 수 없는, 그 시대에서는 숙련되고 세련된 문체로 쓴 작은 예술 작품들이었다. 우리는 지금 그 예술작품들의 가치를 거의 더 이상 알아보지 못할 뿐 아니라, 지금 매일 창작되고 있는 모든 작품에 대해 50년 후에 사람들이 어떻게 말할지 깊이 생각해보지 않는다.

그건 그렇다 치고 그가 숲 속의 집에 앉아있을 때 그를 에워싸고 있던 분위기는 정말 시적이고 예술적이었다. 낙천적 특징이

---

12 Salomon Gessner(1730-1788): 스위스의 전원시인, (그래픽)화가.
13 Sihlwald: 약 12 Km² 크기의 스위스의 자연보호지역.

있는 그의 다방면의 능력은, 거침없는 유머와 결합하여 항상 최고로 유쾌한 분위기를 만들어 냈다. 그 자신의 동판화는 물론이고 칭[14]과 콜베[15]가 게스너의 그림을 모방하여 동판화로 새긴 그림들도 100년 후에 비로소 진정으로 동판화계에서 인기 있는 상품이 될 것이다. 그런데 우리는 지금 몇 푼 안 되는 돈으로 그 작품들을 서로 사고팔고 있다.

도자기 공장에 관여하면서 게스너는 가벼운 터치로 그릇에 장식그림을 직접 그려 넣으려고 했었다. 그는 단기간 연습을 거쳐 멋진 찻잔을 그림으로 치장하는 일을 맡아 성공적으로 끝냈다. 이 우아한 작품이 이제 질발트에서 축성될 예정이었다. 남녀 친구들이 소박한 축하연에 초대되었으며 강기슭 제일 아름다운 단풍나무 아래 식탁이 차려졌다. 단풍나무 뒤에는 초록색 산비탈이 수많은 산봉우리를 이루며 여름날의 푸른 하늘로 높이 솟아있었다.

여러 가지 장식을 넣어서 짠, 눈부시게 하얀 식탁보 위에는 찻주전자, 찻잔, 접시, 그릇들이 놓여있었다. 이 물건들은 크고 작은 수많은 그림으로 장식되어 있었는데, 각 그림은 하나의 창작품이었고, 한편의 진원시였으며 하나의 격언시였나. 특히 흥미로웠던 점은, 요정, 호색가들, 목동, 아이들, 풍경, 꽃장식 등, 이 모든 것들이 가볍고 안정된 터치로 그려졌다는 것, 그리고 공장에서 물건

---

14 Adrian Zingg(1734-1816): 스위스의 화가, 동판화가.

15 Karl Wilhelm Kolbe(1781-1853): 독일의 화가.

을 만들어 내는 화가의 작품이 아닌, 즐기며 일하는 예술가의 작품으로서 그 예술작품들이 각기 적당한 자리에 놓여 있다는 데 있었다.

그렇게 꾸며진 식탁에 톱니 모양의 단풍잎을 통해 둥그스름한 모양의 햇빛이 비쳤다. 햇빛은 나뭇가지들을 움직이게 한 미풍의 조용한 박자에 맞춰 춤추었다. 그 모습은 때로는 빛이 연출하는 부드럽고 장엄한 미뉴에트 같았다.

게스너 씨는 이미 이 자연의 장관을 다시 정신없이 바라보며 앉아있었다. 그때 기다리고 있던 손님들을 태운 첫 번째 마차가 도착했다. 이 마차에는 현인 보드머가 앉아 있었다. 줄처[16]는 그를 취리히의 키케로라고 부르곤 했다. 그리고 젊은 시절 보드머와 함께 고트쉐트[17]에 대항하여 논쟁을 벌인 주교좌성당의 참사회 회원 브라이팅어[18]도 마차에 앉아있었다. 그러나 그들은 경애하는 부인들을 동반하고 왔기 때문에 뒷좌석에 앉아 있었다. 다른 마차들은 또 다른 친구들과 학자들을 싣고 왔다. 이들은 모두 지극히 쾌활하고 재기발랄한 은어로 말하고 있었다. 그들이 쓰는 은어는 문학적 멋스러움과 스위스적 우직함, 혹은, 굳이 그렇게 말하고 싶다면,

---

16 Johann Georg Sulzer(1720-1779): 스위스의 신학자, 계몽주의 철학자.

17 Johann Christoph Gottsched(1700-1766): 초기 독일 계몽주의 시대의 작가, 문학 이론가.

18 Johann Jakob Breitinger(1575-1645): 취리히의 개혁파 교회의 목사, 교수, 안티스테스, 정치가.

옛날식의 시민적 자기만족이 뒤섞여 활기차 있었다.

마지막 마차는 젊은 처녀들로 가득 채워져 있었다. 그중에는 피구라 로이가 있었는데, 마르틴 로이와 살로몬 란돌트가 말을 타고 그녀를 동행하고 왔다.

품위 있고 멋진 손님들은 모두 곧바로 나무 아래에서 매우 즐겁게 이리저리 움직였다. 그들은 그림이 그려진 도자기를 바라보고 칭찬을 아끼지 않았다. 그러나 그 상황은 오래 계속되지 않았다. 살로몬 게스너가 피구라 로이와 함께 어리석은 양치기가 양치기 소녀로부터 춤을 배우는 장면을 연출했던 것이다. 게스너 씨는 그것을 아주 재미있고 자연스럽게 했기 때문에 분위기가 대체로 즐거워졌다. 그래서 하이데거 출신인 미모의 게스너 부인은 손님접대를 효과적으로 할 수 있도록 다시 손님들을 자리에 앉히는 수고를 해야 했다.

먹고 마시면서 전개된, 조금 전보다 조용한 대화는 모든 개인적인 것을 세상에 공개해야 직성이 풀리는 열광자 중 한 사람을 통해 가속도가 붙었다. 바로 이 사람이 이미 게스너의 삶에서 가장 새로운 사건들을 탐색해 냈는데, 그것은 아마도 훌륭한 게스너 부인의 도움으로 가능했을 것이다. 파리에서 루소가 후버에게 보낸 여러 종류의 편지들이 왔다. 루소는 게스너 작품의 번역자인 후버 씨에게 게스너에 대해 최고의 찬사를 보낼만한 일들에 대해, 그리고 게스너의 작품을 끊임없이 읽고 있다고 썼다. 디드로[19]는 심지어 자신의 몇몇 소설을 게스너가 최근에 쓴 전원시와 묶어 한 권으로 공동 출판하기를 원한다고까지 했다. 루소가 게스너의 시에서 전원 세계의 이상적 자연 상태에 열광했다는 것은 결국 전혀 놀라운 일이 아니었다. 그러나 대단한 현실주의자이며 백과사전파인 디드로가 애써 천진한 전원시인 게스너와 협동해서 등장하고 싶어 했다는 것은, 정말 게스너에 대한 최고로 비중 있는 찬사를 보완하는 의미로 여겨졌으며, 게스너를 화나게 하여 가장 폭넓은 토론의 계기를 제공하기도 했다.

그러나 이것으로 인하여, 키케로라 불린 보드머는 평형을 잃게 되어, 심지어 가장 현명한 사람에게 내재하는 인간적 어리석음이 이겨서는 모습을 드러내었다. 보드머는 이제 주저하지 않고, 분별없이 자신의 문학적 업적을 공공연히 드러내 보였다. 과거에 젊은 빌란트[20]와 함께 열광적인 우정을 나누던 그가, 연장자이며 노련한 그가, 이 전도유망하고 총명한 젊은 신인 작가와 수많은 훌륭한 문학작품을 창작하며 경쟁을 했다는 것을 그는 슬픈 마음으로 회상했다. 그런데 이제 지극히 고귀한 그런 기쁨은 어디에 남아있단 말인가?

여윈 두 다리를 포개고 의자에 등을 대고 앉아, 숲 속 공기가 꽤 서늘하였기에 가벼운 회색 여름 망토를 그림같이 아름답게 걸

---

19 Denis Diderot(1713-1784): 프랑스 작가, 철학자, 계몽주의자.
20 Christoph Martin Wieland(1733-1813): 독일 계몽주의 시대의 주요작가.

치고서, 보드머는 매우 우울한 마음으로 그 울적한 경험들에 대한 상념에 젖어들었다. 그가 취리히로 부른 기품 있는 두 젊은이, 클롭슈토크[21]와 빌란트가 진정으로 아버지와 같이 친절한 친구이며 문학적인 우애를 가진 그를, 짧은 간격을 두고 연달아서 그렇게 무례하게 속이고 기만했기 때문이다. 다시 말해 그중 한 사람인 클롭슈톡은《구세주》를 쓰는 대신 술 마시는 청년들의 무리에 휩쓸려 경악할 정도로 세속적 태도를 보였고, 다른 한 사람인 빌란트는 모든 종류의 여자들과 점점 더 많이 교제하기 시작해서, 그의 견해에 의하면, 과거에 살았던 작가 중 가장 무례하고 가장 경박한 아마추어 시인이 되는 것으로 끝났기 때문이었다. 그래서 보드머는 고귀하고 엄격한 성서적 서사시를 섬뜩한 6운각으로 무진장 많이 써서 그 수치와 고민과 싸워 그것을 극복하느라 정신이 없었을 정도였다.

그런 다음 그는《시련을 겪은 아브라함》,[22]《하란에서의 야곱의 귀환》,[23]《노아의 방주》,[24]《대홍수》[25]와 쉼 없이 활동하여 얻은 모든 장대한 작품들을 언급하기에 이르렀으며, 그 작품 중에서 수많

---

21 Friedrich Gottlieb Klopstock(1724-1803): 종교 서사시《구세주Der Messias》를 쓴 독일 작가.

22 Der geprüfte Abraham : Christopf Martin Wieland의 작품.

23 Jakobs Wiederkunft von Haran: Johann Jakob Bodmer의 작품.

24 Die Noachide: J. J. Bodmer의 작품.

25 Die Sündflut(=Sintflut): J. J. Bodmer의 시.

은 훌륭한 구절들을 낭송했다. 보드머는 그 사이 사이에 여러 사람과 나눈 광범위한 서신 왕래에서 알게 된 비난받을 만한 새로운 사실들을 엮어 넣었다. 예컨대 단치히의 시의원은 열심히 시를 쓰는 도시의 젊은 시민들에게 시민적 관습에 점잖지 못하고 선동적인 수단이라며 6운각 시구 사용을 금지했다고 했다.

보드머는 또 그 당시 유행했던 우정의 특징인 악의적 미소를 띠면서 "보드메리아스"란 제목을 붙여 그를 적대적으로 나쁘게 표현한 풍자시의 출간에 대해 목사인 한 친구에게 은밀하게 알렸다고 설명했다. 그는 또 그 친구는, 보드머의 불후의 작품을 읽는 즐거움을 사람들이 그렇게 악의적이고 불쾌한 방법으로 감히 방해하고 있다는 것에 대해 몹시 격분하는 태도를 보였다고 설명했다. 점잖은 사람은 어느 사람도 그런 파렴치한 책을 읽지 않으면 좋겠다는 등, 그 밖에도 다른 많은 증거가 있다고 그 친구는 주장했다. 그런데 엉큼한 그 성직자 친구는 보드머한테 자기에게 그 "보드메리아스"를 하루 동안 읽게 갖다 줄 수 없겠는가 하는 질문으로 편지를 끝맺었다는 것이었다. "보드메리아스"를 읽어서 일어나는 일시적 분노를 극복한 후에야, 그렇게 가치 있는 시문학을 읽는 즐거움이 의심할 여지 없이 두 배가 될 것이기 때문이라는 것이었다.

앉아 있던 손님들은 그 호기심 많은 목사가 누군지 알아맞히고서 그를 비웃었다. 그러나 보드머는 더 흥분하여 겉옷을 엉덩이에 내리고서, 로마의 원로원처럼 보일 정도로 몸을 앞으로 구부리면서 큰 소리로 말했다.

"그래서 그 친구는 내가 《노아의 방주》 신판에서 그를 지목하여 언급하려고 했던 부분에서도 빠진 것입니다. 왜냐하면, 그는 내 손을 잡고 나와 함께 미래를 향해 걸어갈 수 있을 만큼 충분히 성숙한 사람이라고 증명되지 않았기 때문이지요."

보드머는 이제 그가 여러 서사시에서 언급한 그런 구절들을 그의 친구 중 어떤 믿을만한 친구들에게 이미 헌정했는지를 자세히 설명했다. 그리고 각 친구가 차지하는 비중에 따라 크고 작은 작품에서, 시구를 많이 할애하건 적게 할애하건, 앞으로 어떤 친구들에게 이런 특전을 베풀 것인가를 생각하고 있다고 상세하게 설명했다.

뭔가를 살피는 듯한 날카로운 눈으로 그는 주변을 돌아보았다. 사람들은 모두, 어떤 사람들은 얼굴이 빨개져서, 또 어떤 사람들은 창백해지면서, 그러나 모두 침묵하면서 눈을 내리깔았다. 자신들이 이런 진실한 친구들 그룹에 넣을 수 있는 인물들인지 아닌지, 보드머가 참석자들을 진지하게 관찰하는 것으로 보였기 때문이다.

그의 기분은 차츰 부드러워졌다. 그는 지나간 날들을 생각하면서 다시 의자에 편안히 등을 기대었다. 그러더니 초록색 산등성이를 올려다보면서 부드러운 목소리로 말했다.

"아, 우리가 공동으로 쓴 시에 내 제자 빌란트가 서문을 쓰고 다음과 같은 말을 덧붙여 썼던, 그 황금빛 시절은 어디로 갔을까요? 빌란트는 이렇게 덧붙여 썼지요. '우리가 쓴 시들이 도덕적 자질에 있어 호메로스의 시보다 좀 더 우수하다면, 그것은 무엇보다도 우리의 숭고한 종교 때문일 것입니다.'"

보드머는 다시 아래쪽을 본 순간 기이한 장면을 목격하더니 갑자기 벌떡 일어나 냉엄하게 큰 소리로 말했다. "저 바보 같은 여자는 뭘 하고 있는 거요?"

이미 보드머의 말이 길게 이어지는 동안 내내 살로몬 란돌트는 자신의 중대사에 대해 숙고하면서, 그리고 오늘 뭔가 결정적인 일이 일어날 수 있지 않을까 생각하면서 나무 아래에서 약간 옆쪽에 떨어져서 혼자 왔다 갔다 하고 있었다.

란돌트는 그 당시 커다란 매듭 리본이 달린 상당히 큰 모대(毛袋) 가발을 쓰고 있었다. 그런데 피구라 로이는 집에서 작은 휴대용 거울과 둥근 손거울을 마련해 왔다. 그녀는 우선 그의 머리 모양에 좀 정리해줘야 할 게 있는 것처럼 행동하면서, 눈치를 못 채게 휴대용거울을 그의 가발에 고정해놓을 수 있었다. 그런 상태에서 그는 느긋하게 산책을 계속했다. 그러나 그녀는 곧바로 그가 듣지 못하도록 무언의 몸짓으로 이끼 바닥에서 댄스 스텝을 밟으면서 단아한 젊은 숙녀처럼 가볍고 우아하게 그의 뒤에서 왔다 갔다 했다. 그녀는 그렇게 무척 재미있는 놀이를 연출했다. 그녀는 계속해서 란돌트의 뒷등에 달린 휴대용거울과 자기가 들고 있는 손거울을 번갈아 보면서, 그리고 계속 춤추면서 가끔 손거울과 그녀의 상반신을 돌렸기 때문에 사람들이 보기에는 그녀 자신을 사방에서 동시에 비추고 있는 것 같았다.

불현듯 정신적으로 민첩하고 현명한 노인 보드머에게 의구심이 생겼다. 여기서 어떤 무례한 젊은이가 자신이 한 연설을 반어적으로 옮겨서, 잘난 체하며 자아 도취하는 자기 자신의 모습을 표현하고 있다는 의심이 들었던 것이었다. 모두 길고 깡마른 그의 검지가 가리키는 방향으로 몸을 돌렸고 그 애교 있는 연극을 보고 웃었다. 결국, 란돌트도 알아차리게 되어 놀라서 주위를 돌아보더니 그 사람이 피구라였던 것을 알아차렸다. 그러자 그녀는 빨리 그의 등에서 거울을 떼어냈다.

"이게 무슨 뜻이오?" 이미 평정을 되찾은 노교수가 조용하고 부드러운 목소리로 말했다. "젊은이가 수다스러운 늙은이를 조롱하려는 것이오?"

피구라가 원래 무엇을 원했던가는 절대 밝혀지지 않았다. 그녀가 몹시 당황하여 그 자리에 서 있었고 갑작스레 자신의 행위를 후회했다는 것만은 확실하다. 그녀는 겁이 나서 란돌트를 가리키며 말했다. "제가 이 분하고만 장난하고 있다는 걸 모르시나요?"

그러자 살로몬 란돌트는 자신이 놀림당하는 사람으로 여겨질 수밖에 없었기 때문에 얼굴이 빨개지고 창백해졌다. 게다가 손님들이 결국 피구라가 펼치는 그 연극의 모호한 성격도 인지했기 때문에 조용한, 약간 곤혹스런 긴장이 퍼졌다.

그때 살로몬 게스너가 그 난처한 상황에서 나서서 도왔다. 그는 손거울을 잡고서 큰 소리로 말했다.

"이건 결코 그 어떤 조롱을 하는 것이 아닙니다! 피구라 아가씨는 진실이 어떻게 미덕의 결과로 나타나는가를 표현하려고 했던 거예요. 그 미덕을 우리 란돌트 씨가 지녔다는 것에 대해 그 누구도 부인하지 않기를 바랍니다! 그럼에도 불구하고 피구라는 그것을 잘 표현하지 못했어요. 왜냐면 진실은 오로지 그것 자체를 위해서 존재해야 하는 것이지, 이런저런 방식으로 미덕이나 악덕에 좌지우지되면 안 되기 때문이지요. 내가 그걸 더 잘할 수 있는지 어디 한번 봅시다!"

이렇게 말하고 나서 그는 옆에 있는 숙녀의 면사포를 집어 들더니 마치 그가 고대연극의 인물들이 발가벗은 것을 표현하는 것처럼 그것을 허리에 둘렀다. 그러더니 거울을 손에 들고 받침대 역할을 하는 장방형의 돌덩어리 위에 올라섰다. 그는 돌멩이 위에서 몸을 비튼 자세로 감상적인 표정을 지으며 변발(辮髮)을 한 진실의 여신상을 매우 우스꽝스럽게 표현했기 때문에 웃음소리와 즐거운 분위기가 다시 돌아왔다.

오직 살로몬 란돌트만 기분이 상한 상태에서 좀 더 멀리 떨어진 숲 속 길을 찾아 살그머니 자리를 떴다. 자기 생각을 모아 가다듬고, 나중에 의연하게 이 난처한 일에서 빠져나와 떠나버리기 위해서였다. 그러나 그가 아직 멀리 가지 않았는데, 갑자기 피구라로이가 그의 팔에 매달렸다.

그녀는 "선생님과 산책해도 돼요?"라고 그에게 속삭이더니 말이 없는 란돌트 옆에서 발걸음 가볍게 한동안 걸었다. 그는 침묵하고 있었음에도 불구하고 결코 그녀의 팔을 놓지 않았다. 그러나 아무도 더는 그들을 볼 수 없었을 정도로 높은 곳에 이르렀을 때 그녀는 멈춰 서더니 이렇게 말했다.

"당신과 얘기 좀 해야겠어요. 그렇지 않으면 제가 비참하게 죽을 것 같으니까요. 하지만 이것부터 먼저 해요."

그렇게 말하면서 그녀는 두 팔을 그의 목에 감고 그에게 키스했다. 하지만 란돌트가 키스를 계속하려고 하자 그녀는 그를 힘차게 밀어냈다.

"이것은 제가 당신을 좋아하고 당신도 저를 좋아한다는 것을 알고 있다는 의미예요. 하지만 이제 여기서 끝났다는 것을 의미하죠. 끝났어요, 끝난 일이에요! 왜냐면요, 제가 어머니의 임종 자리에서, 어머니가 숨을 거두기 직전에 절대로 결혼하지 않겠다고 어머니께 약속했기 때문이에요. 그래서 전 그 약속을 지키려고 하고 또 지켜야만 해요! 어머니는 정신병을 앓았는데, 처음엔 우울해 하다가 점점 나빠졌어요. 오직 마지막 순간에 다시 한 번 정신이 들어 저와 얘기했어요. 이 병은 가족의 대물림 병인데, 어느 땐 가족 중 이 사람에게, 또 어느 땐 저 사람에게 나타납니다. 과거엔

규칙적으로 한 세대를 건너뛰긴 했지만, 할머니가 그 병에 걸렸었고 그다음엔 어머니가 걸렸어요. 그래서 이젠 저도 그 병을 얻을까 겁이 난답니다."

그녀는 땅에 주저앉더니, 두 손으로 얼굴을 가리고 매우 슬프게 울기 시작했다.

란돌트는 충격을 받고 그녀 옆에 무릎을 꿇고, 그녀의 손을 잡고 그녀를 진정시키려 했다. 그는 그녀에게 감사를 전하고, 그의 감정을 표현할 말을 찾았으나 이렇게 말할 수밖에 없었다. "용기를 내요. 우리 그렇게 하기로 합시다. 그렇게 하는 것도 괜찮겠네요. 그런 일은 일어나지 않을 겁니다." 등등.

그러나 그녀는 놀라울 정도로 자신 있게 외쳤다. "아니, 아니에요! 전 오직 지금 밤의 유령처럼 제 뒤에 서 있는 우울함을 쫓아버리기 위해 이렇게 웃기고 바보스럽게 행동할 뿐이에요. 저도 혹시 그런 병에 걸릴지 모른다는 걸 어렴풋이 느끼고 있어요!"

그 당시 우리나라엔 그런 환자들을 위한 특별한 치료시설이 아직 없었다. 정신병 환자들은, 그들이 미쳐 날뛰지 않으면, 가정에서 보호되었으며, 그들은 불행하고 섬뜩한 존재로서 오랫동안 그렇게 다른 가족들의 기억 속에 살아 있었다.

그러나 울고 있던 아가씨는 그가 기대했던 것보다 더 빨리 일어났다. 그녀는 꼼꼼히 얼굴을 닦더니 본능적으로 빨리 슬픔에서 벗어났다.

"이젠 됐어요." 그녀가 큰 소리로 말했다. "이제 당신이 이 사실을 알게 되었으니까요. 당신은 착하고 아름다운 여자와 결혼하셔야 해요. 저보다 더 현명한 여자 말이에요. 아무 말도 하지 마세요! 이 일은 이것으로 끝난 거예요!"

란돌트는 우선 더 이상 아무 말도 할 수 없었다. 그는 여전히 감동했으며, 심각하게 위협적인 그녀의 운명에 충격을 받았다. 하지만 그는 잃어버리고 싶지 않았던 확실한 행복을 마음속에 느끼기도 했다. 피구라의 아름다운 얼굴에서 흥분의 흔적이 사라질 때까지 그렇게 오랫동안 그들은 함께 거닐었다. 그런 다음 손님들이 있는 곳으로 돌아왔다.

그곳에선 이미 젊은이들끼리 작은 무도회가 열리고 있었다. 게스너 씨가 몇몇 시골 악사들을 불러두었기 때문이다.

그러나 피구라가 나타났을 때 화가 풀린 보드머는 자기가 아직 젊다는 것을 확실하게 보여줄 수 있도록, 자기와 춤추자고 그녀에게 친히 권유했다. 나중에 그녀는 눈에 띄지 않게 할 수 있는 범위에서 자주 란돌트와 춤췄다. 그녀는 정신이 혼미해지는 미지의 나라로 언제 불려가게 될지 결코 모르기 때문에 오늘이 그녀의 친밀한 우정을 보여주는 마지막 날임이 틀림없을 거라고 그에게 속삭였다.

마차를 타고 도시로 가는 길에 란돌트는 그녀가 앉아있는 마차 옆에서 말을 타고 갔다. 그녀는 한순간 말이 없었다. 그때 그는 열매가 달린 벚나무 아래로 말을 타고 가다가 산호처럼 붉은 버찌가 가득 달린 가지 하나를 꺾어 재빨리 그녀의 무릎에 던졌다.

"고마워요!"라고 그녀는 말했고, 말라버린 열매가 달린 그 가지를 30년 동안 조심스럽게 보관했다. 왜냐하면, 그녀는 병에 걸리지 않고 건강이 좋은 상태로 살았고, 그 음울한 운명은 나타나지 않았기 때문이었다. 그렇지만 그녀는 변함없이 그녀의 결심을 고수했다. 살로몬 란돌트가 할 얘기가 있어 다음날 아주 이른 아침에 방문한 그녀의 오빠 마르틴도 그녀가 한 말이 맞는다고 확인해주었다. 즉 그 병은 예로부터 특히 여자들이 그런 불행을 겪었던 자기 가문에서 하나의 기정사실로 인정되고 있다는 것이었다.

마르틴은 란돌트보다 더 맘에 드는 사람을 매제로 삼고 싶지 않다고 확실히 말했다. 하지만 지금까지 비교적 잘 유지해온 여동생의 마음의 안정과 내적 평화를 위해서 그녀에게 접근하려는 그 이상의 모든 행동을 멈춰줄 것을 란돌트에게 직접 부탁할 수밖에 없노라고 했다.

하지만 란돌트는 그의 부탁을 바로 받아들이지 않았다. 오히려 그는 묵묵히 수년 동안 기다렸지만, 상황은 변하지 않았다. 그녀와의 미래를 꿈꾸는 란돌트의 긍정적 생각은, 오직 주기적으로 피구라 로이를 다시 만날 때마다, 그녀의 눈빛이 그녀가 가장 사랑하는 친한 친구가 란돌트라는 것을 암시함으로써 유지되었다.

3. 함장[벤델가르트]

살로몬은 더 이상 여자들에 대해 관심을 두지 않고 만 7년간을 그럭저럭 살았다. 그가 피구라 로이라고 불렀던 그 '어릿광대'만이 아직 그의 마음속에 자리 잡고 있었다. 그러다가 마침내 또 하나의 연애사건이 생겼다.

그 당시 취리히에는 김멜이라는 이름을 가진 함장이 전시에 홀랜드에서 군 복무를 하고 돌아와서 살고 있었다. 그는 홀랜드 여자였던 죽은 아내에게서 얻은 딸 하나를 데리고 와서 얼마 안 되는 재산과 그가 받는 연금으로 살았는데, 거의 모든 돈을 자기 자신만을 위해서 쓴다고 할 정도였다.

이 남자는 지독한 술고래였으며 싸움꾼이었는데, 무엇보다도 자신의 펜싱기술에 대해 자부심을 느끼고 있었다. 그는 전혀 더 이상 젊지 않았음에도 불구하고 항상 젊은 사람들과 교제했으며, 떠들었고 추문을 만들었다. 언젠가 란돌트가 그와 가까워지게 되었는데, 그의 호언장담이 역겨워지자, 란돌트는 펜싱시합을 하자는 그의 도전을 받아들였다. 그는 주위에 있던 사람들과 함께 정식 펜싱시합장이 갖춰져 있는 김멜의 집으로 들어갔다. 거기서 란돌트는 김멜이 가죽 갑옷을 입고 있음에도 불구하고 서너 번 그 늙은 싸움꾼의 옆구리를 제대로 찔러줄 생각을 했다. 왜냐하면, 란돌트 자신도 훌륭한 검객이었고 이미 어린 소년 시절 뷜프링엔 성에서, 그리고 나중엔 메츠의 사관학교와 파리에서 열심히 연습했었기 때문이었다.

펜싱장은 곧 검객들의 발걸음, 도약, 그리고 검들이 부딪치며 내는 소리로 크게 울렸다. 란돌트는 차츰 매우 격렬하게 함장을 몰아세웠기 때문에 함장은 숨을 헐떡이기 시작했다. 그러다가 란돌트는 갑자기 검을 떨어뜨리더니 마법에 걸린 것처럼, 열리는 문쪽을 응시했다. 그 문으로 함장의 딸, 아름다운 벤델가르트가 리큐르 술잔이 가득 담긴 쟁반을 들고 들어왔던 것이다.

그녀는 정말 아름답다고 말할 수 있는 여인이었다. 보아하니, 그녀는 자기 재력이 허락하는 것보다 더 화려하게 옷을 입은 것 같았다. 키가 큰 외모인 그녀는 화려하게 비단옷으로 감싸고 있었지만, 모든 화려한 치장은 그녀의 보기 드문 아름다운 미모로 인해 빛이 바랬다. 그녀의 얼굴, 목, 손, 팔 모두가 파로스섬의 대리석 조각상이 옷을 입은 것처럼 하얀 피부색이었다. 게다가 불그스름하게 빛나는, 숱이 많은 비단 같은 머릿결을 갖고 있었는데, 머리카락 한 가닥 한 가닥이 아주 곱슬곱슬했다. 입과 마찬가지로 커다란 짙푸른 눈은 진지하게 뭔가를 묻고 있는 듯했고, 정신적 일에서 생기는 바로 그런 근심이 아닐지라도, 대략 가벼운 근심을 말하고 있는 듯했다.

이렇게 수려한 여인이 술잔이 담긴 쟁반을 어디에 놓을까 하고 주위를 둘러보고 있었을 때 함장은 잠시 시합이 중단된 것을 기뻐하면서 창문틀에 쟁반을 놓으라고 지시했다. 젊은 남자들은 그렇게 아름다운 여인에게는 어떤 경우라도 마땅히 해야 하는 그런 공손함으로 그녀에게 인사했다. 그녀는 매우 우아한 미소를 지으며 절을 하면서 물러났다. 그 미소는 그녀의 진지한 얼굴 표정을 변화시켰다. 이때 그녀는 놀란 살로몬을 수줍어하며 재빨리 쳐다봤다. 그는 그녀가 자기 집에서 처음 본 남자였다. 반면 그녀의 아버지는 도수가 높고 품질이 좋은 여러 종류의 홀랜드산 술을 가져왔다. 그는 란돌트에게 술을 권하면서 시합을 계속할 생각을 다른 곳으로 돌릴 수 있었다.

란돌트도 심한 옆구리 찌르기로 김멜 함장을 더는 아프게 할 생각이 없었다. 왜냐하면, 함장은 란돌트의 눈에는 단번에, 귀중한 보물을 소유히여 란돌트에게 행복이나 불행을 가셔다줄 수 있는 마술사로 변했기 때문이었다. 김멜 씨가 멋진 포도원으로 뱃놀이를 가자고 제안하자, 란돌트는 깊이 생각해보지도 않고 동참했다. 늙은 허풍선이의 조화롭지 못한 태도가 란돌트에겐 썩 익숙하지 않았음에도 그는 이제 그 사람을 인정하고 이해하는 모습을 보였다.

감정이 충만한 사람은 다른 사람에게 자기의 느낌을 말하지 않고는 못 배긴다더니, 새로운 사건을 말하고 나면, 말하고 싶은 또 다른 새로운 사건이 생긴다. 그때부터 란돌트는 아름다운 벤델가르트에 대해 뭔가 얘기하는 것을 들으려고 날쎄게 술수를 써서, 그러나 가능하면 곁가지로, 그리고 무덤덤하게, 기회가 있을 때마다 그녀의 이름을 거론했다. 그가 관심을 보인 같은 시기에 예전엔 아직 별로 알려지지 않았던 그녀는 경솔한 행동 때문에 주목을 받았다. 그녀는 경솔한 태도로 인해 상당히 많은 빚을 갚아야 할 지경이 되었다. 그래서 수치스럽게도 양갓집 규수인 젊은 아가씨가 거의 지불능력이 없어진 엄청난 사건이 일어났던 것이다. 왜냐하면, 아버지는 자기 모르게 진 모든 빚을 갚아주길 거절하고, 독촉하는 채권자들을 결투 등 물리적 행동으로 협박하고, 딸을 내쫓겠다고 위협한다는 소문이 들렸기 때문이었다.

딸은 살림하는 데 필요한 물품을 조달하기 위해 돈이 필요했는데, 아버지에게서 필요한 돈을 얻지 못하자 최후의 수단으로 돈을 빌리게 된 것 같았다. 그런데다 나중에는 자신이 개인적으로 필요한 물건을 사려고 빚을 얻어서 이런 손쉬운 해결책을 너무 자주, 그리고 점점 더 자주 이용한 결과로 벌어진 일 같았다. 그녀가 허풍스런 아버지를 아주 부자라고 여겼다는 것을 제외하고라도, 그녀 자신의 미숙함과 어머니를 잃고 고아가 된 것, 그리고 가끔 그런 특수한 환경의 인물들에게 특징으로 나타나는 어느 정도의 순진함이 그녀의 처신에 영향을 끼쳤다고 할 수 있었다.

어쨌거나 그녀는 지금 이렇게 모든 사람의 입에 오르내리고 있었다. 젊은 여자가 많은 빚을 지는 그런 현상들이 나타나면 여자들은 손뼉을 쳤으며, 최후의 심판이 가까이 왔다고 단언했다. 남자들은 젊은 여자가 빚을 지는 일이 생기면 나라가 망한다는 말로 그녀의 행위에 대한 판단을 마무리 지었다. 젊은 아가씨들은 몰래 머리를 맞대고 쑥덕거렸고 그 불행한 여자에 대한 엄청난 상상에 빠져들었다. 젊은 남자들은 난잡하고 질이 좋지 않은 농담을 하기에 이르렀으며, 놀라기도 하고, 조심하는 마음에서 함장의 집을, 심지어 그의 집이 있는 골목길까지도 멀리했다. 기만당한 상인들과 소매상들은 그녀를 고발하기 위해 허둥대며 법원으로 갔다.

오로지 살로몬 란돌트만 빚을 지고 슬퍼하고 있는 아름다운 여인을 더욱더 열렬히 생각했다. 뜨거운 동정이 그에게 생명을 불어넣었고 자제할 수 없는 그리움으로 그의 마음을 가득 채웠다. 마치 죄를 진 여인이 연옥 대신, 황금 창살로 닫혀 있는 활짝 핀 장미꽃 정원에 고통스럽게 앉아있는 것 같았다. 그는 그녀를 만나서 도와주고 싶은 욕구를 더 이상 제어할 수 없었다. 어느 날 저녁 선장이 어느 음식점에 죽치고 앉아 있다는 것을 알았을 때, 그는 단호하게 결심하고 재빨리 벤델가르트의 집으로 가서 힘차게 초인종을 눌렀다. 하녀가 창문으로 내다보며 원하는 게 뭐냐고 물어보자 그는 시의 법원에서 온 사람이며 아가씨와 해야 할 얘기가 있다고 퉁명스럽게 대답했다. 모든 불필요한 잡담과 그 밖의 주목을 차단하기 위해서 그는 그런 인사말을 선택했다. 하지만 그렇게 해서 그는 지극히 가엾은 그 여인을 적잖이 놀라게 했다. 그녀는 완전히 창백한 모습으로 그를 향하여 걸어왔으며, 그를 알아보더니 얼굴이 창백한 것만큼이나 심하게 얼굴이 빨개졌기 때문이다.

몹시 당황하여, 두려움과 놀라움이 감지되는 떨리는 목소리로 그녀는 그에게 자리에 앉으라고 말했다. 왜냐하면, 그녀는 너무나 어찌할 바 몰랐고 버려진 상태에 있었기에, 일이 진행되고 있는 과정을 전혀 판단하지 못했으며 이제 자기는 감옥으로 끌려가게 될 것으로 추측하고 있었기 때문이었다.

그러나 란돌트가 자리에 앉자마자 두 사람의 역할이 바뀌었다. 이젠 란돌트 자신이 대화를 시작하기 위해 할 말을 쉽게 찾지 못하는 사람이 되었다. 그 아름답고 불행한 여인이, 스위스사람들을 전쟁에 끌어들여 피 흘리게 할 때면 그들을 어쨌든 진정한 친구라고 부를 수밖에 없었던 프랑스의 왕보다 더 고상하고 더 지위가 높은 사람이라고 생각되었기 때문이다. 이윽고 그는 피난처를 찾는 사람의 태도로 무슨 일로 이곳에 왔는지 그녀에게 알렸다. 그녀를 바라보면서 점점 커지는 호감은 더욱더 그의 사기를 돋우었기 때문에 안심하고 자기가 온 이유를 그녀에게 설명할 수 있을 정도가 되었다. 그는 자기가 법원의 배석판사로서 그녀가 부담스러워하는 문제에 대해 알게 되었으며, 그녀와 그 일들을 논의하고,

이 송사가 어떤 방법으로 조정될 수 있는지 해결책을 찾아내기 위해 왔노라고 말했다. 그러니까 자기를 믿고 그녀가 떠안게 된 채무의 범위와 성격을 알려달라고 했다.

안도의 한숨을 크게 내쉬면서, 그리고 처음에 그랬던 것처럼, 살피는 듯한 시선으로 그를 보고 나서 벤델가르트는 재빨리 상자 하나를 가져왔다. 그녀는 상자 속에 지금까지 배달된 모든 계산서, 지불독촉장들과 법원 서류들을 넣어두고서 다시는 쳐다보지도 않고 잠가뒀었다. 그녀는 수치스러운 마음에 얼굴을 붉히며 두 눈을 내리깔더니 두 번째 한숨을 내쉬며 그 모든 잡동사니를 책상 위로 쏟아놓았다. 그리고 안락의자에 등을 기대더니 뒤집어 놓은 빈 상자로 얼굴을 가리고 머리를 옆으로 돌리면서 조용히 흐느끼기 시작했다.

살로몬은, 이렇게 위로하며 그녀의 일에 개입할 수 있겠다는 것에 감동하고 행복해하면서, 그녀에게서 상자를 뺏어 들었다. 그는 부드럽게 그녀의 손을 잡고서 힘을 내라고 그녀에게 당부했다. 그런 다음 그는 서류 검토에 몰두했다. 더 알아야 할 정보가 필요한 대목에서 그는 매우 친절한 마음으로, 신뢰감을 불러일으키는 기분으로 물었기 때문에 그녀는 가벼운 마음으로 대답할 수 있게 되었다. 그는 이제, 항상 몸에 지니고 다니며 말, 개, 나무와 구름의 형상들을 대충 스케치한 것들로 가득 찬 작은 스케치북을 꺼냈다. 그는 스케치북의 하얀 종이 한 장에 착한 벤델가르트의 채무현황을 기록했다. 채무의 내용은 대개 예쁜 옷과 옷의 장식품 및 우아한 가구들을 사는 데 쓴 것이었다. 별로 많진 않았지만 몇몇 군것질 값도 그 가운데 있었다. 전부 합쳐서 채무액수는 대중이 떠들며 욕하는 그런 엄청난 크기의 금액에는 훨씬 못 미쳤다. 그래도 부채액수는 아무튼 스위스 화폐로 통틀어서 약 1,000굴덴[26] 정도에 달했으며, 이 금액은 채무자인 그녀가 어떤 방법으로도 조달할 수 없는 액수였다.

그런데 란돌트는 그녀의 모습에 너무나 매혹되어, 그 작은 책자를 조심스럽게 양복 안주머니에 넣어 보관할 때, 아름다운 여인의 채무목록이 어떤 부유한 신부의 재산목록도 거의 가질 수 없는 귀중하고 우아한 소유물인 것 같이 느껴졌다. 그에게는 야회복, 레이스, 모자, 깃털, 부채와 장갑 등, 목록에 있는 모든 것이 사랑스러웠다. 심지어 군것질들까지도 아이처럼 순진한 그 매력적인 여자에게 직접 한번 먹여보고 싶은 욕망을 일으킬 뿐이었다.

살로몬이 작별을 하고 곧 다시 소식을 전하겠다고 약속했을 때 그녀는 의심스러운 눈빛으로 그를 바라보았다. 일이 어떻게 되어갈지 그녀에겐 분명하지 않았기 때문이었다. 하지만 그녀는 기분이 좋아져서 친밀한 감사의 표시로 등불을 비춰 그를 현관문 아래까지 직접 바래다주었다. 그녀는 현관문에서 친근하지만, 거

---

26 Gulden: 14~19세기까지 독일 및 유럽 여러 나라에서 사용한 금 및 은 화폐의 이름. 유로 도입 전 네덜란드의 화폐단위이기도 했다.

의 들리지 않는 작은 소리로 저녁 인사를 하면서 시 법관 때문에 했던 걱정을 완전히 떨쳐버릴 수 있었다. 그녀는 천천히, 깊은 생각에 잠겨—이건 아마도 처음이었을 것이다—다시 계단을 올라갔다. 그리고 어쨌든 소란스러운 함장이 집에 돌아온 것을 듣지 못했을 정도로 오랜만에 처음으로 달콤하게, 편안히 잠들었다.

그녀가 잠을 잘 잘 수록 란돌트는 그날 밤 평소보다 잘 자지 못했고 도시의 수많은 양계장의 닭들이 울 때까지 소송에 대해 곰곰이 생각했다.

살로몬 란돌트는 아직도 부모와 살고 있었고 부모에게 의존해 있었기 때문에 기껏해야 벤델가르트를 구제하는 데 필요한 금액 일부를 조달할 수 있었다. 그가 나중에 그런 경솔한 여자와 관계하는 것을 애당초 더욱더 어렵게 하지 않으려면 그녀를 도와주려고 그가 개입하는 것이 비밀에 부쳐져야 했기 때문이다. 그렇지만 그에겐 부자인 할머니가 있었다. 그는 할머니의 귀염둥이였으며, 할머니는 온갖 자금난에서 그를 도와주곤 했다. 할머니는 완전히 비밀리에 손자를 도와주는 데서 기쁨을 느꼈다. 그런데 할머니는 손자의 어떤 결혼에도 심하게 이의를 세시하는 독특한 태노를 보이고 있었다. 자신이 가장 잘 알고 있는 손자가 결혼함으로써 불행하게 되고 더는 발전하지 못할까 봐 결혼 얘기가 나올 때마다 반대했다. 왜냐하면, 그녀도 여자들을 충분히 잘 알고 있으며, 여자들의 속성이 어떤지 잘 안다고 주장했기 때문이다. 그러므로 할머니는 매번 손자를 도와주고 몰래 가불금(假拂金)을 줄 때마다 결혼할 생각만은 하지 말라고 은밀하게 경고했다. 그래서 그가 곤경에 처해서 할머니에게 원조를 청할 때마다 그는 가장 빠른 성과를 확실히 얻기 위해서 결혼을 하지 않겠다는 암시만 하면 되었다.

이번에도 그는 별난 할머니에게 도와달라고 호소했다. 그는 거짓 한숨을 쉬면서, 이제 마침내 재정적 곤경에서 벗어나 완전히 재정적으로 독립할 수 있게 해줄 만한 좋은 배우자를 만나 결혼할 생각을 해볼 수밖에 없겠다고 할머니에게 털어놓았다. 마침 안경을 쓰고 치부책을 들여다보고 있던 할머니는 깜짝 놀라 안경을 벗었다. 그녀는 지금 막 자기 집에 불을 지르려고 하는 인생의 패배자를 보듯, 참으로 위험스런 손자를 빤히 바라보았다. "네가 결혼하면 내가 너의 상속권을 박탈한다는 것을 알고 있느냐?" 그녀는 자신이 이렇게 생각하고 있다는 것에 대해 스스로 놀라면서 크게 소리쳤다. "그런 탐욕스런 여자가 내 집에 들어와 장래 내 재산을 상속받아 관리한다면, 그땐 끝장일 거다. 그런데 넌? 넌 대체 여자를 참아내는 걸 어떻게 배우려는 거냐? 어떻게 여자를 견디려고 하는 거냐? 예컨대 이런 여자들 말이다. 온종일 거짓말하는 여자, 혹은 모든 사람을 헐뜯어서 명망 있는 너의 집이 결국 험담하기 좋아하는 사람들이 모이는 장소가 되게 하는 그런 여자, 앉으나 서나 항상 뭘 먹는 여자, 게다가 씹으면서 지껄이는 여자라면 어쩔래? 상점에서 훔치는 여자, 혹은 김멜 아가씨처럼 빚을 지는 여자라면 넌 어떻게 하겠니?"

손자는 할머니의 말이 거의 들어맞은 마지막 종류의 여자에 대해 웃음을 참으면서 가능한 한 진지하게 말했다. "가엾은 여자들의 처치가 그 정도로 안 좋을수록 그녀들을 혼자 내버려둘 수 없겠지요. 그러니까 그녀들이 그런 행동으로 더 큰 손해를 끼치지 않도록 구제하기 위해서 그런 여자들과 결혼을 해야지요!"

동성을 적대시하는 할머니는 극도로 화가 나서 외쳤다. "그만 둬, 이 끔찍한 녀석아! 무슨 일이야! 뭐가 필요한 거야?"

"놀음에서 1,000굴덴을 잃었는데, 600굴덴이 부족해요!"

할머니는 안경을 다시 쓰더니 짧은 흰 머리카락 속을 긁으려고 견모로 만든 두건을 머리에서 벗었다. 그러더니 절뚝거리며 상 감세공을 한 서재의 책상 옆으로 갔다. 란돌트는 굴려서 뚜껑을 여는 책상에서 경이로운 물건들이 나타나는 것을 재미있게 바라 보았다. 그 물건들은 책상 안에 보관되어 있었고 이미 그의 유년시절을 즐겁게 해주던 것들이었다. 그는 작은, 은빛 지구의를 보았고, 상아로 조각한 말 위에 앉아있는 기사를 보았다. 그 기사는 속은 진짜 은으로, 겉은 도금하여 만든 갑옷을 입고 있었는데, 그 갑옷은 벗길 수 있는 것이었다. 방패는 보석으로 장식되어 있었으며 투구의 깃털은 에나멜이 칠해져 있었다. 그뿐이 아니었다. 상아로 예술적으로 섬세하게 만든, 은빛 낫을 들고 있는 4인치 높이의 작은 해골도 있었다. 그 해골은 작은 사신(死神)이라 불렸으며 매우 세심하게 작업했기 때문에 모든 잔뼈까지도 붙어있었다.

할머니는 떨리는 손 위에 이 우아한 사신상을 놓더니, 고운 상아로 만든 사신상이 거의 들리지 않을 정도로 약간 소리가 나고 딸랑거리는 동안, 이렇게 말했다. "이거 봐라, 즐거움이 사라지면 남자와 여자는 이렇게 보인단다. 그런데 누가 사랑을 하고 결혼을 하려고 하겠느냐!"

살로몬도 사신상을 손에 잡더니 그것을 주의 깊게 관찰했다. 그가 그런 골격을 가진 벤델가르크의 아름다운 모습이 부서져 내린다고 상상했을 때 그의 몸에 가벼운 소름이 돋았다. 그러나 시간이 빨리 흐른다는 것과 그 시간은 다시 돌아오지 않는다고 생각했을 때 그의 심장이 너무도 심하게 두근거려서 해골이 눈에 띌 정도로 흔들렸다. 그래서 그는 돈을 달라고 애원하는 듯 할머니의 손을 바라봤다. 이제 그녀는 늘 서랍에 들어있는 돈다발 중에서 빛나는 프랑스 금화 한 두루마리를 꺼내 들고 말했다.

"옛다, 1,000굴덴이다! 하지만 이제 온갖 결혼에 대한 생각으로 나를 괴롭히지 마라!"

우선 란돌트는 술집에 있는 함장 김멜 씨를 찾아가서 그를 술친구들에게서 떼어냈다. 살로몬은 이름을 밝히길 원하지 않는 제3의 인물의 위임을 받아 자기가 따님의 유쾌하지 못한 일을 해결할 입장에 놓이게 되었다고 그에게 설명했다. 하지만 가능하면 딸을 보호하기 위해 아버지인 함장이 이 일을 함장 자신의 이름으로 할 필요가 있다고 말했다. 그래서 딸도 아버지가 빚을 갚았다는 것 말고는 다른 아무런 생각을 해선 안 된다는 것이었다. 이러한 의미에서 란돌트는 함장이 내놓은 돈이라고 하면서 부채금액을 관계부서에 송금하여, 거기서 채권자들이 아주 조용히 만족하도록 조치를 취할 것이라고 했다. 그렇게 되면 아버지와 딸이 다른 모든 불쾌한 일을 겪지 않을 거라는 얘기였다.

함장은 놀란 눈으로 젊은 남자 살로몬 란돌트를 쳐다보았다. 그는 먼저 란돌트가 자격도 없으면서 딸의 일에 개입한다는 것과 자기 집에 대한 불가침권을 수호해야 할 필요성에 대해 말하더니 검을 만지작거리며 위협적인 동작을 취했다. 그러나 란돌트가 아가씨에 대해, 그리고 그녀의 미래의 행복에 매우 관심이 있다는 것, 또 그녀의 미래의 행복은 이미 알려진 일을 얼른 해결하는 것에 의해 좌우될 수 있다고 그에게 설명했다. 그러자 함장은 자기 자식이 잘 보호받고 있다는 것을 눈치채기 시작하더니 그의 명예로운 검을 다시 집어넣고 란돌트가 제안한 절차에 동의했다.

이제 살로몬 란돌트가 신중하고 능숙하게 일을 처리한 결과 채권자들에게 돈이 지급되었다. 모두 김멜 함장이 결심을 바꾼 것이라고 생각했다. 그래서 벤델가르트 자신도 그렇게 생각하는 것 말고는 달리 도리가 없었다. 함장은, 아버지가 재력가임이 틀림없다는 딸의 생각을 또다시 확신시킨 위엄 있는 모습을 딸에게 보여주었던 것이다.

그러므로 그녀는 자기의 빚을 갚는 일을 주도한 살로몬이 어느 날 저녁 다시 나타나서 그녀에게 크고 작은 모든 빚을 갚은 영수증을 손에 쥐어주었을 때 결코 대단히 놀라지도, 당황해 하지도 않았다. 그는 진심으로 모든 빚을 갚은 영수증을 보는 기쁨을 그녀에게 주었으며 그녀의 심신 상태가 다시 좋아진 것을 기뻐했다. 왜냐하면, 그는 여러 가지 종류의 빚과 액수의 채무를 청산하는 일을 하는 동안 이런저런 걱정스러운 생각이 들었기 때문이었다. 그러나 그런 염려는, 아무도 해결해 주지 못하는 곤궁한 처지에 있는 그녀에 대한 애정 어린 동정이 다시금 그의 마음을 가득 채웠고, 영원히 그녀의 운명에 대한 책임을 떠맡아도 좋겠다는 아주 강한 소망을 자극하는 효과를 낼 뿐이었다. 벤델가르트는 지난 며칠 동안 그의 방문을 기대하고 평소보다 더 신경 써서 옷을 입고 치장했다. 또한, 그녀는 무엇보다도 자신의 상황이 더 나아진 것을 기뻐했다. 왜냐하면, 그녀가 곤경에 처해서 더는 그렇게 비굴한 모습으로 자기를 구해준 남자 앞에 나타나지 않았기 때문이고, 게다가 그녀는 자기 집안의 재력으로 빚을 갚았다고 생각했기 때문이다.

그럼에도 불구하고 그녀는 순진하고 진심 어린 말로 도와주려고 애쓴 란돌트에게 감사하면서 그와 친밀하게 악수를 했다. 지금 그녀의 모습은 정말 아름다워서 그는 더는 주저하지 않고 그녀에게 사랑을 고백했다. 오직 이 사랑이 그로 하여금 그렇게 끈

질기게 그녀의 일에 개입할 수 있게 했을 정도로 그녀는 아름다웠다. 심지어 그는 그녀에게 거침없이 솔직하게 설명하기에 이르렀다. 그녀가 그의 감정에 응답하여 자신과의 결혼에 동의함으로써 그에게 매우 커다란 도움을 주게 될 것이며, 자신이 조금은 불안하고 무분별한 생활을 마침내 정리하고, 아름답고 사랑하는 그녀를 위해서는 하고 싶지 않았던 일을 하는 계기가 될 것이라고 털어놨다.

그러나 이런 정직하지만 영리하지 못한 태도 혹은 영리하지 못한 정직한 태도는 아름다운 아가씨를 심사숙고하게 만들었다. 그녀는 그가 말하는 동안 흥분한 살로몬에게 손을 잡힌 채 다정한 눈으로 그를 바라보았다. 그녀의 눈은 빚쟁이라는 굴욕에서 갑자기 벗어난 것 같은 행복감으로 그렇게 사랑스럽게 빛났다. 하지만 무척 사랑스러운 눈빛을 보이는 가운데서도 평소엔 그렇게도 경솔하던 그녀는, 자기의 연인 란돌트가 스스로 비난한 바 있는 그의 불안정한 삶의 태도와 관련하여 곰곰이 생각하더니, 7일간 숙고할 시간을 달라고 요청했다. 하지만 아주 호의적으로 그를 떠나보내고 다시 혼자 남아있게 되자 그녀는 어린 토끼처럼 빠르고 짧은 숨을 쉬었다.

그러는 사이 함장은 란돌트가 보낸 매우 은밀한 암시들을 더 곰곰이 생각하더니 자기 딸이 이젠 결혼할 형편이 되어서 구혼광고를 해야겠다는 것을 깨달았다. 그는 보석 같은 딸을 모르는 사람이 뺏어가게 할 생각이 없었다. 그는 오히려 딸에게 적당한 남편감을 골라주는 데 직접 관여하고자 했으며, 무엇보다도 적당한 공개구혼 자리를 마련하려고 했다. 곧바로 일을 제대로 시작하기 위해서 그는 딸을 데리고 바덴[27]의 온천장에 가기로 결정했다. 바로 그때가 아름다운 계절 성신강림절 시기였기 때문에 바덴의 온천장들은 손님들로 가득 차 있었다. 딸은 취리히에서는 도덕률 때문에 보이는 것조차 허락되지 않았던 제일 예쁜 옷들을 트렁크에 담아야 했다. 그렇게 채비를 갖추고 그들은 지체하지 않고 함께 바덴의 힌터호프라는 온천장에 숙소를 잡아 들어갔다. 이 온천장도 다른 온천장들처럼 이미 외지인들로 가득 차 있었다. 이로써 아버지로서의 김멜의 감독도 빨리 끝났다. 왜냐하면, 그는 술 마시기 좋아하는 많은 늙은 군인들을 순식간에 찾아냈으며, 더 이상 딸에게 신경 쓰지 않고, 딸 벤델가르트를 완전히 그녀 자신에게 맡겨버렸기 때문이다.

우연이지만, 또 다행스럽게도 피구라 로이가 류머티즘 때문에 온천욕이 필요한 어느 중년 여인과 함께 같은 온천장에 와 있었다. 몇 년 세월이 흘러 피구라도 이제 이미 조금 늙어서 자기가 하고 싶은 것을 옛날보다 더 많이 하며 지냈다. 피구라는 빚 때문에 유명해진 아름다운 벤델가르트를 보았을 때, 그리고 벤델가르트가 고독한 상태에서 아무것도 혼자 시작할 수 없었을 때 그녀를 자기

---

27 Baden : 스위스 아르가우(Aargau)에 있는 온천휴양지.

모임으로 끌어들였다. 그리하여 피구라는, 다른 모든 겉치레를 하지 않고도 미모가 그녀의 개성이 되어버린 것 같은, 그 기이하고도 독특한 여자를 꼼꼼히 살펴보고 사귀는 데 시간을 보냈다. 이렇게 해서 그녀는 곧 친절한 교제를 한 번도 경험한 적이 없었던 벤델가르트의 신뢰를 얻었다. 그래서 피구라는 벤델가르트를 만난 첫날에 이미 그녀와 살로몬 란돌트의 관계에 대해서, 그리고 7일간의 숙고할 시간에 대해 알게 되었다. 이튿째 되던 날 벌써 피구라는 살로몬이 이 아가씨와 결혼한다면, 이건 조심성 없는 구혼자 살로몬에게 닥칠 수 있는 가장 심각한 불행이라 여기기도 했다. 피구라 자신은 왜 그런지, 그 이유를 잘 몰랐다. 그녀는 벤델가르트의 마음이 진심이 아닌 것 같은 느낌이 들었을 뿐이었다. 그러다가도 그녀는 다시 벤델가르트가 아직 미숙한 여자여서 살로몬은 그녀를 뭔가 괜찮은 사람으로 만들 것이며, 그렇게 되면 모든 일이 제대로 발전될 수 있을지도 모른다고 생각했다. 피구라는 갑자기 벤델가르트 자신의 불안정한 성격이 걱정되어 일종의 신의 심판과 엄격한 시험을 통해 이 문제에 대한 결정을 내리게 하기로 작정했다. 예기치 않게 나타난 그녀의 오빠 마르틴이 그녀에게 그런 생각이 들게 했다. 마르틴은 이미 5년 전부터 파리 주재 스위스 연대에서 대위로 근무하고 있었고 모든 예술에 숙달된 남자였을 뿐아니라, 특히 파리 사교계의 여러 극장에서 뛰어난 희극배우로 활동하기도 했다. 김멜 함장과 그의 딸은 아직 한 번도 그를 본 적이 없었다. 게다가 그는 또 자기를 잘 알고 있는 다른 사람들이 자신을 알아보지 못하도록 외모를 변장시키는 재주도 있었다. 피구라 로이는 이런 정황을 기초로 해서 계획을 세웠다. 그래서 그녀는 뜻밖에 고향을 방문하러 온 오빠가 지금 취리히에서 바덴으로 오고 있었는데, 몰래 바덴 교외로 그에게 가서 급히 자기의 계획을 알리고 오빠를 자기편으로 끌어들일 수 있었다. 왜냐하면, 마르틴도 여동생 못지않게 자기와 친한 친구의 행복에 관심이 많았기 때문이다. 그러나 7일 중 이미 나흘이 지나갔고 벤델가르트가 살로몬의 구애를 거부할 의사를 표시하지 않을 것을 눈치챘기 때문에 피구라의 마음은 매우 급했다.

그래서 마르틴 로이는 어두워지기 시작할 때까지 바덴에 도착하는 것을 지연시켰다. 그사이 피구라는 미리 바덴으로 급히 달려가 아무 일도 일어나지 않은 것처럼 행동했다. 마르틴 로이는 밤새 변장 등 여러 가지 준비를 하고 다음날 모르는 낯선 사람처럼 과장되고 불가사의한 거동을 취하며 나타났다. 그는 여동생이 알려준 계획에 대해 듣자마자 우연인 것처럼 함장에게 가서 그와 술한 병을 마시면서 즉시 주사위놀이에서 그에게 몇 탈러[28]를 벌게 해줬다. 그러나 그는 더는 놀이를 하지 않고 그것으로 끝냈다. 그런 다음 그는 사람들이 많이 다니는 산책길과 강기슭에서 산책했다. 그러는 사이 피구라는 교활하게 다음과 같은 소문을 퍼트렸

---

28 Taler: 유럽에서 15세기에서 19세기까지 통용된 은화.

다. 그 낯선 남자는 50만 리브르[29]의 연금을 받고 있으며, 자신이 개신교 신자이기 때문에 반드시 개신교를 믿는 스위스 여자와 결혼하려고 한다는 것, 그는 이미 제네바에 왔지만 그런 여자를 하나도 찾지 못하여서 지금 취리히로 가려고 한다는 것, 그러나 그 전에, 자기가 들은 바로는, 이때쯤 바덴에서 뛰어난 미모를 가진 꽃다운 처녀들을 많이 볼수 있다고 하여 바덴을 좀 둘러보고자 한다는 것이었다.

함장은 자기의 평소 습관과는 달리 식사 전에 벌써 황급히 집으로, 다시 말해 온천장으로 달려와서 예쁘게 치장하고 있어야 했던 딸을 데리고 산책길에 나섰다. 게다가 그는 딸의 팔을 끼고 갔으며, 술을 많이 마셔서 코가 빨개져, 거드름피우고 뽐내며 행동했기 때문에 산책하던 수많은 사람은 벤델가르트의 아름다움에 감동된 것 못지않게 그의 우스꽝스러운 모습을 보고 즐거워했다.

그러나 함장이 그 부자 위그노파 사람과 마주쳤을 때 서로 오랫동안 인사와 소개를 주고받는 더 대단한 광경이 벌어졌다. 마르틴 로이는 실제로 그녀가 예쁘다고 느꼈기 때문에 벤델가르트의 모습에 굳이 놀랄 필요기 없었다. 하지만 동시에 그는 친구인 살로몬을 이 위험에서 벗어나게 할 필요가 있다는 것도 알았다. 마르틴은 그녀에게 자기 팔을 잡게 하더니 아버지 대신에 그녀를 식

---

29 Livre: 옛날(9C~18C) 프랑스의 은화. 1795년 8월 15일부터 프랑(Franc)으로 대체되었으며, 프랑은 2002년 2월 17일까지 유로와 함께 통용되었다.

탁으로 안내했다. 거기서 피구라는 기가 꺾인 듯 식탁 쪽을 쳐다보고 있었으며, 지금 일어나고 있는 매우 사랑스러운 그 모든 장면을 보며 감탄하고 있는 것 같았다.

벤델가르트는 식사 후에 몇 분 동안만 피구라와 얘기했다. 꽤나 고상한 사람들이 모여 있었던 쉰츠나흐[30]로 즐거운 야유회를 갈 예정이었기 때문이다. 간단히 말하자면 마르틴은 첫날 자기가 맡은 일을 아주 잘해냈다. 그 결과 벤델가르트는 저녁 늦게 피구라 로이에게 쏜살같이 달려와서 숨 가쁘게 다음과 같이 보고했다. 무슨 일이 일어날 것 같다는 것, 위그노파 사람 마르틴이 스위스에 사는 것보다 차라리 프랑스에 살고 싶지 않으냐고 지금 막 그녀에게 물었다는 것이다. 그런 다음 그는 대화 중 곁가지로 몇 살이냐고 자기에게 물었다는 것이다. 그리고 한 시간 전에는, 자기는 언젠가 결혼하게 되면 여자에게서 한 푼의 지참금도 받지 않을 거라고 말했다고 했다. 그리고 아버지는 청혼한 남자가 결혼하겠느냐고 물으면 그에게 즉시 승낙하라고 이미 그녀에게 명령했다는 것이다.

"이 귀여운 아가씨야, 하지만 그 모든 것은 아직 큰 의미가 없어요. 그러니 조심해요!" 피구라가 말했다.

그러나 벤델가르트는 계속해서 말했다. "그런데 우리가 한 시간 이상 단둘이 걸어갔을 때 그는 내 손에 키스했고 한숨을 쉬었어요."

---

30 Schinznach: 스위스 아르가우(Aargau)주에 있는 소도시.

"그런 다음 그가 당신에게 무슨 질문을 했나요?"

"아무 질문도 안 했어요. 그는 한숨을 쉬었고 내 손에 키스했어요."

"프랑스식 손 키스! 그게 뭔 줄 알아요? 그건 아무것도 아니에요."

"하지만 그는 경건한 개신교 신자잖아요."

"대체 그의 이름이 뭐예요?"

"아직 몰라요. 그 말은 내가 아직 뭐가 뭔지 모르겠다는 거예요. 이름엔 신경도 안 썼어요."

"그렇다면 분명 사정이 달라요." 피구라는 심사숙고하듯 말했다. "그러면 이제 살로몬 란돌트와는 어떻게 되는 거지요?"

"그래요, 나도 그걸 묻는 거예요." 벤델가르트가 한숨 쉬며 대답하더니 하얀 손가락 끝으로 하얀 이마를 문질렀다. "하지만 수입이 50만 리브르라는걸 생각해봐요! 그 돈이면 모든 근심과 모든 걱정이 사라지는 거죠! 그런데 살로몬이란 남자는 그를 도와서 그의 삶을 바로잡아 뭔가 되게 해줄 수 있는 여자가 필요해요. 스스로 아무것도 모르는 내가 어떻게 그렇게 할 수 있겠어요?"

"순진한 아가씨 같으니라고! 살로몬의 생각은 그게 아니고, 이런 거예요. 그가 당신과 결혼만 한다면 당신 때문에 뭔가 시작할수 있고, 활동하고, 명령할 수 있게 되는 거예요. 당신은 그저 보고만 있으면 되고 전혀 움직일 필요도 없어요. 당신에게 말하건대,

그는 자기 아내를 위해 그렇게 할 사람이에요."

"아녜요, 그렇지 않아요! 나의 경솔함이 그를 방해할 뿐이에요. 난 다시 빚을 질것이고 훨씬 더 많은 빚을 질 것 같은 느낌이 들어요. 내가 부자가 되지 못한다면, 굉장한 부자가 되지 못한다면 말이에요!"

"당신이 그 남자에 의해 변화되거나 성격적으로 개선되고 싶지 않다면, 물론 사정은 달라요!" 피구라가 대답했다. "그런데 살로몬 란돌트가 바로 그렇게 할 수 있는 남자예요. 내 말을 믿어요!"

그러나 피구라는 벤델가르트가 살로몬에 대한 감정을 표현하지 않고 그저 불안해서 어찌할 바 모르고 있다는 것을 알았을 때 계속해서 이렇게 말했다.

"어쨌든 양다리를 걸치지 않도록 조심해요. 그 프랑스 남자가 내일 당신에게 물으면 당신은 그에게 아주 확실하게 대답할 수 있어야 해요. 모레가 7일째 되는 날이에요. 그러니 란돌트 씨가 당신이 내린 결정을 가지러 올 것을 당신은 염두에 두고 있어야 해요. 그러면 소동이 벌어질 것이고, 비밀이 폭로될 거예요. 그렇게 되면 당신은 두 남자 모두 당신에게 등을 돌리고 떠나버리는 위험을 안게 될 거에요."

"맙소사! 그렇겠네요! 하지만 난 어찌해야 하나요? 란돌트 씨는 여기 없잖아요. 그렇다고 내가 지금 그곳으로 갈 수도 없으니 말이에요."

"그에게 바로 편지를 써요, 오늘 중으로. 내일 파발꾼이 편지를 갖고 취리히로 갈 테니까요. 그렇지 않으면, 내가 그를 아는 바로는, 그 사람은 틀림없이 모레 올 거예요."

"그렇게 할게요. 종이와 펜을 주세요!"

벤델가르트는 자리에 앉았다. 그런데 그녀가 편지를 어떻게 쓰기 시작해야 할지 몰랐을 때 피구라 로이는 그녀에게 이렇게 받아쓰게 했다.

"심사숙고 끝에 드리는 말씀인데요, 당신을 향했던 저의 충만한 감정들은 오직 감사의 감정이라고 생각합니다. 그러니까 제가 그 감정들을 그렇게 표현하지 않는다면, 그건 거짓말이겠지요. 게다가 제 아버지의 의지가 저에게 다른 삶의 길을 제시하시기 때문에 아버지의 말에 복종하려는 저의 굳은 결심을 신뢰의 표시로, 당신에게 항상 간직하게 될 정중한 솔직함의 표시로 존중해주시기 바랍니다. 등등…. 벤델가르트 드림."

"끝!"이라고 하며 피구라는 편지를 끝냈다. "사인했어요?"

"네. 그런데 뭔가 좀 더 말해야 할 것 같은 생각이 들어요. 이렇게 쓴 것이 완전히 만족스럽진 않아요."

"바로 그렇게 쓰는 게 맞아요! 그렇게 쓰는 것이 아무런 적절한 설명을 할 수 없는 그런 상황에서 이용하는 야릇한 거절방식이에요. 그런 방식은 다른 모든 구차한 이유를 차단해버려요. 그러니까 사랑을 갈망하는 살로몬은 당신이 쓴 편지를 읽으면 당신이 그를 사랑하는 마음이 없다는 것을 알게 되는 거예요!"

벤델가르트는 착한 마음씨를 가졌기 때문에 약간 질투가 섞인 이런 비꼬는 말투를 이해하지 못했다. 그녀는 살로몬과 둘이 만나는 일이 생기지 않도록 편지를 빨리 보내달라고 피구라에게 부탁하기도 했다. 피구라는 그러마 하고 약속했다. 일을 완전히 확실하게 진행하기 위해 그녀는 날이 새자 그 임무를 그녀의 오빠에게 위임했다. 그는 그 임무를 갖고 즉시 취리히로 가서 다음날 바덴으로 갈 차비를 하고 있던 살로몬 란돌트를 놀라게 했다.

살로몬은 편지를 읽고서 약간 창백해졌다. 그리고 편지에 뭐가 적혀있는가를 마르틴 로이가 알고 있었다는 것을 눈치챘을 때 다시 얼굴이 빨개졌다. 그러나 마르틴 로이는 지체하지 않고 바덴에서 일어났던 모든 과정을 살로몬에게 이야기하면서 더 자세히 구두로 설명했다. 그런 다음 마르틴은 살로몬을 한 시간 동안 혼자 있게 두었다가 다시 오더니 그에게 말했다.

"살로몬! 내 누이 피구라가 자네에게 안부 전하고, 이렇게 말하래. 자네가 아름다운 김멜 양과 결혼하길 원한다면 누이에게 말만 하라고 하더군. 김멜 양이 자네를 떠나가 버리지 않을 거라고 하면서."

"나는 그 여자를 원하지 않네. 그리고 난 내가 어리석었다는 것을 깨달았어." 란돌트가 말했다. "그러나 그 여자는 예쁘고 사랑스러워. 헌데 자네들은 장난꾸러기들이구먼!"

이제 마르틴은 위장하지 않은 그의 참모습으로 취리히에 머물렀다. 그런 까닭에 부자인 위그노파 사람 마라틴은 흔적도 없이 사라진 것처럼 물론 더는 바덴에서 볼 수 없었다. 함장과 벤델가르트는 2주 더 바덴에서 머물다가 취리히로 돌아왔다. 함장은 예전보다 더 술을 마셨고 전보다 더 신경질적이었다. 그리고 딸은, 말도 없고 의기소침해서, 외부에 모습을 드러내지 않았다.

하지만 얘기가 그것으로 끝난 게 아니었다. 왜냐하면, 그 기이한 아름다운 여인을 이제야 좀 더 가까이서 보고 싶은 호기심과 들뜬 마음이 마르틴 로이를 자극했기 때문이다. 비밀에 가득 찬 프랑스 사람으로 안 보이려고 그는 매우 조심스럽게 함장의 집으로 가서 그의 펜싱 홀을 방문했다. 마르틴이 몹시 슬퍼하고 있는 아름다운 가엾은 여인 벤델가르트를 보았을 때 행운의 바퀴가 그를 향해 돌아가기 시작했다. 그리고 그녀의 아버지, 즉 그 난폭한 노인이 갑자기 뇌졸중으로 세상을 떠났기 때문에 그는 홀로 남은 그녀에게 열렬히 사랑에 빠졌다. 그래서 그는 그녀와 결혼해서 안 된다고 하는 모든 이의제기, 강력한 경고와 합리적 이유를 맹렬히 제거하고, 부단히 노력한 결과, 결국 그녀는 그의 아내가 되었다.

그렇게 하기 전에 마르틴은 마지막으로 다시 한 번 살로몬에게 물었다. "그녀를 원하는 건가, 아닌가?" 그러나 살로몬은 깊이 생각해보지도 않고 이렇게 대답했다. "성경의 문구에 따라 대답하겠네. 너희는 예는 예라고 하고, 아니오는 아니요, 라고 말하여라!

다시 말해 난 내가 내린 결정에 충실하게 머무를 것이고, 더 이상 그 일에 신경 쓰지 않겠네! 이젠 끝난 일이니까!"

"하지만 나는 그 사건에 1,000굴덴을 지급했는데, 다행히 아무도 그 사실을 모른다네." 살로몬은 생각에 잠겨 덧붙여 말했다. 왜냐하면, 그는 할머니가 공평한 마음으로 그에게 빌려준 돈을 모두 꼼꼼하게 기록해두었다는 것을 알고 있었기 때문이다. 그녀가 란돌트의 형제자매들과 공평하게 훗날 그가 상속받을 몫에서 그에게 선지급한 금액을 공제하기 위해서였다.

마르틴 로이는 아내와 함께 2년간 더 파리에서 살다가 직장을 그만두었다. 취리히로 돌아왔을 때 그의 아내는 상당히 교양 있고 현명한 여성이 되어 있었으며, 더 이상 빚도 지지 않았다. 그녀는 바덴에서 일어난 사건들을 알고 있었고 위그노파 남자를 다시 알아보았다. 그가 그 사실을 감지하고 스스로 직접 얘기해주기 전에 말이다.

그러나 피구라 로이가 훗날 살로몬 란돌트에게, 자기가 개입해서 화가 났는지, 그리고 벤델가르트가 인제 보니 그렇게 나쁜 사람이 아니고, 예전엔 아마도 실제 모습보다 더 어리석은 체했기 때문에, 란돌트 쪽에서 더 그녀와 결혼하길 원했는지 물을 때면, 그는 그녀의 손을 꽉 쥐고 이렇게 말했다. "그건 아니오, 그렇게 된게 잘 된 거예요." 그는 함장이란 단어가 그녀의 이름 벤델가르트보다 짧아서 그녀를 함장이라고 불렀다.

4. 종달새[바바라]

아름다운 여인 벤델가르트를 일방적으로 연모했던 것이 실패로
돌아간 직후, 그 일은 한동안 란돌트에게 매우 좋지 않은 영향을
끼쳤다. 그는 완전히 자제력을 잃고 과거 여인들과의 사랑에 대한
온갖 감정에 사로잡혀 있었다. 가을에 제비들이 남쪽으로 떠나려
하는 것처럼 모든 사랑의 신들이 떠들썩한 소리를 내며 날아갔다.
그런데 벤델가르트를 잃어버린 같은 해에 그는 또 두 번의 연애사
건을 겪었다. 이 사랑의 모험들은 쌍둥이들에게 가끔 일어나는 일
인 것처럼 그냥 보잘것없는 것이어서 같이 묶어서 동시에 다룰 수
있는 사건들이었다.

실로몬은 이미 몇 닌 선부터 십 뒤쪽에 있는 자기 방에서, 날
씨가 좋고 공기가 온화할 때면 매일 아침 꽤 멀리 떨어져 있는 이
웃동네에서부터 그의 집 정원들 너머로 들려오는 소리를 들었다.
그것은 구약성서 시편의 시를 노래하는 소녀의 사랑스러운 목소
리였다. 처음엔 어린아이의 소리였던 그 목소리는 매우 큰 소리로

발전한 적은 없었지만, 차츰 조금씩 더 힘찬 목소리가 되었다. 그러나 그는 매일 아침 식사 전에 시작되는 듯한, 규칙적으로 부르는 노래를 즐겨 들었고 그 보이지 않는 가수를 종달새라 불렀다. 그녀는 개종위원회의 서기이자 예전에 목사였던 엘리아스 투마이젠의 딸이었다. 그는 많은 유산을 받게 되어 원래의 목사직 부담에서 해방되었지만, 여전히 망명자위원회와 개종위원회의 서기업무 같은 몇몇 서기일을 맡아서 도움이 되는 유익한 일을 했다. 개종위원회의 일은 그의 아내의 소원에 따라 맡아서 했는데, 거기서 그는 개종위원회 서기라는 직함을 얻게 되었다. 그밖에 그는 개혁위원회의 서기였으며 취리히주 행정부의 관직 후보자대표이기도 했다. 그 밖에도 그는 재미삼아 지도를 그렸는데, 그 지도에는, 지금 우리가 보기엔, 지구가 거꾸로 그려져 있었다. 그가 그린 지도에는 동쪽과 서쪽이 위와 아래에 있고 북쪽과 남쪽이 왼쪽과 오른쪽에 있었기 때문이다.

그런데 원래 바바라로 불렸던 그의 귀여운 딸 종달새는 전혀 다른 여러 가지 예술적 재능을 발휘했는데, 그녀는 아침부터 저녁까지 거기에 전념했다. 개종위원회 서기인 그녀의 아버지도 온갖 종류의 새들을 그렸기 때문이다. 그는 새들의 자연스러운 날개들 혹은 그 날개들의 작은 부분들까지도 풀을 이용해 종이에 붙였으며, 주둥이와 발들을 그 옆에 그려 넣었다. 그런 그림 중에서 중요한 그림은 완벽한 날개 장식을 한 실물 크기의 철새였다.

이제 바바라는 아버지의 이런 예술을 더 발전시켜서 세련되게 만들었다. 다시 말해 그녀는 아버지가 새를 그리는 과정을 인간을 그리는 데 적용하여 상당수의 그림을 완전한 사람 크기로 완성하여 만들어냈다. 인간의 모습을 그린 그 그림들에는 얼굴과 손만 그려져 있었으며, 나머지 모든 것은 비단이나 양모 혹은 다른 자연 섬유를 일부러 잘라서 함께 기워 덧댄 헝겊 대기로 붙여졌다. 분명 아리스토파네스[31]가 그린 새들은 개종위원회 서기의 새들보다 더 낫지 않았을 것이다. 왜냐하면, 개종위원회 서기가 그린 새들에서는 인간의 형상을 한 귀여운 인물이 생겨났기 때문이다. 그 새들은 소박한 여가수 바바라의 작은 작업실을 가득 채웠다. 무엇보다도 눈에 띈 인물은 그녀의 외삼촌인, 현직에 있는 안티스테스[32]였다. 그는 검은색 공단과, 검은 비단 양말과 최고로 부드러운 모슬린 면사로 만든 옷깃이 달린 성직자 복장을 하고 있었다. 가발은 하얀 고양이의 털로 무척 우아하게 공들여 완성한 것이었다. 연분홍색 얼굴의 투명한 푸른색 눈은 가발과 훌륭하게 조화를 이루었다. 신발은 곱고 부드러운 염소 가죽의 조각으로, 은빛 버클들은 알루미늄박으로, 그러나 그가 손에 쥐고 있던 전례서의 단면들은 금종이로 만들어져 있었다.

다양한 지위와 계층의 많은 신사숙녀의 초상화들이 유리 액

---

31 Aristophanes: BC 430~400년 아테네에서 그림 활동을 한 그리스의 꽃병 화가.
32 der Antistes: 16~19세기 개혁교회에서 주교와 수도원장에 붙인 최고의 직함.

자 속에 넣어져 소장품의 첫 번째 자리에 걸어 놓은 이 주교를 에 워싸고 있었다. 가장 아름다운 그림은 하얀 레이스 옷을 입은 젊은 여자였다. 전체를 최고로 부드러운 종이로 투명장식을 붙여 만든 이 옷은 그녀의 몸을 덮고 있었다. 그녀의 손에는 벌새의 아주 작은 깃털로 모자이크한 앵무새 한 마리가 앉아있었다. 그녀의 맞은편에는 다리를 꼰 채 하늘색 공단으로 만든 상의를 입고, 정교하게 만든 넥타이를 맨 피리 부는 남자가 앉아있었다. 앵무새가 남자 쪽으로 귀를 기울이면서 몸을 돌리고 있는 것으로 봐서 이 남자는 앵무새에게 노래를 가르치고 있는 것 같았다. 남자의 옷에 달린 단추들은 불그스레한 금 은박이나 싸구려 장식품으로 만든 것이었다.

많은 위풍당당한 군인들이 행진하는 모습을 묘사한 작품도 있었다. 그들의 제복, 장식테, 금속단추, 칼집, 가죽 장구와 장식 깃털들은 모두 한결같이 '예술가'인 그녀의 지칠 줄 모르는 노력을 입증했다. 그러나 여기서 바바라 투마이젠은 자신의 예술적 한계에 부딪혔다. 그녀가 이제 기마전쟁의 지휘관을 만드는 작업으로 넘어가려고 했을 때 그녀는 안장 밑에 까는 장식된 덮개나 안장과 고삐를 모든 적당한 소재에서 영국제 작은 가위로 오려서 잘 만들 줄 알았다. 그러나 그녀는 지금까지 사람의 머리와 손을 그리는 것만 익혔기 했기 때문에 말을 그리는 것은 그녀의 능력에서 벗어났기 때문이다. 손을 그리는 솜씨도 그저 그랬다. 그래서 이 작업을 위해 선생이나 조수를 찾는 것이 중요한 문제로 대두하였다. 수소문한 결과 그 당시 취리히에서 말을 제일 잘 그린다고 하는 살로몬 란돌트가 적합한 선생으로 거명되었다.

이런 이유에서 개혁위원회 서기는 어느 날 뜻밖에 시의 판사이자 저격대의 중대장이었던 란돌트를 정중하게 방문했다. 그는 매우 적절한 말로 제대로 세워 놓은 기마를 참작하여 자기 딸에게 친절하게 강의와 조언을 해주겠느냐고 란돌트에게 말했다. 딸이 강의를 받고 나서 규범에 따라 말을 자연스러운 모습과 색깔로 종이에 그려서, 나중에 더욱 편안하게 고삐를 걸고 안장을 얹을 수 있게 되고, 기수도 좋은 자세로 말 위에 앉을 수 있도록 하기 위해서라고 설명했다.

란돌트는 기꺼이 그 임무를 수행할 용의가 있다고 밝혔다. 우선은 순수하게 친절한 마음에서, 다음엔 매일 아침 그렇게 사랑스럽게 노래하는 종달새를 보려는 호기심에서였다. 그는 먼저 망명자 및 개종위원회 서기의 화려한 새의 세계를, 즉 오디새와 오색방울새, 빨간 되새, 어치, 딱따구리와 물떼새 등 모든 새를 감탄하며 바라보았다. 그러고 나서 실물 크기의 안티스테스와 모든 조합장, 츠뵐퍼산[33]을 성공적으로 등반한 남자들, 수석 여태수들, 바바라 아가씨의 친지들인 대위들과 함장들을 보았다. 우아하지만 균형이 잘 잡힌 모습의 바바라 자신은 상아로 깎아놓은 것 같았다.

---

33 Zwölfer: 알고이 알프스에 있는 2224미터 높이의 산.

란돌트는 그녀가 그 조촐한 '박물관'에 있는 그 모든 새와 인간 중에서 가장 아름다운 작품이라고 생각했다. 그래서 그는 즉시 강의하기 시작했다. 그는 적합한 자료를 수단으로 먼저 말의 뼈의 구조를 그녀에게 설명했다. 그는 까다로운 다음 단계, 즉 말 머리의 형태를 설명하기 전에 몇 개의 직선을 그려서 말의 기본 형태와 각 신체기관의 크기의 비율을 그리는 것을 가르쳤다. 이런 식으로 강의는 말의 몸 전체로 확대되어 마침내 색깔로 넘어가 백마, 밤색말, 검은 말을 그리는 것으로 진도를 나갈 수 있었다. 그러나 바바라는 갈기와 꼬리는 그리고 싶지 않아서 이것들을 또 갖가지 자연산 털을 붙여 만드는 것을 더 좋아했다.

두 사람의 기분 좋은 관계는 여러 주 동안 계속되었다. 그런데 극복하려고 노력해야 할, 사소한 불완전하고 부족한 부분들이 항상 나타났다. 란돌트는 매일 오전에 한두 시간 그녀에게 가는 데 익숙해졌다. 란돌트를 위해 세 개의 작은 스페인 빵을 곁들인 말라가산 포도주[34] 한 잔이 차려져 있기도 했다. 또 얼마 지나지 않아서 사람들은 전에 가르쳤던 선생 중 가장 부드럽고 조용한 선생인 란돌트를 여제자와 단둘이 있게 하기도 했다. 종달새는 길든 귀여운 새처럼 그렇게 붙임성이 있어서 곧 그의 손에서 스페인 빵의 절반을 받아먹었고 심지어 말라가 포도주를 조금 마시기도 했다. 어느 날 그녀는 군복을 입고 우크라이나산 백마에 앉아 있는 란

---

34 Malaga: 말라가지방에서 생산되는 달콤한 디저트용 포도주.

돌트의 모습을 몰래 그린 그림으로 그를 놀라게 했다. 이 그림에는 란돌트의 한쪽 면, 즉 검을 찬 왼쪽 면만이 표현되어 있었음은 물론이고, 한쪽 발과 한쪽 팔만 그려져 있었다. 그와 반대로 백마의 갈기와 꼬리는 그녀 자신의 머리카락을 잘라서 붙였는데, 그 머리카락은 아주 진한 검은색으로 윤기가 흘렀다. 이러한 그녀의 희생적 행위에서, 또 그림 전체에서 볼 수 있는 바와 같이 그녀에게 란돌트가 얼마나 중요한 인물인지 알아볼 수 있었다.

실제로 그녀는 두 사람이 서로 호감을 느끼고 있고 생활방식이 매우 똑같고 조화롭다고 생각했다. 그래서 그녀가 살짝 얼굴이 붉어지면서 그러한 일들을 진지하게 숙고해 보았을 때 두 사람이 결합할 경우 행복하게 함께 사는 것이 거의 확실한 것 같았다. 그리고 그 모든 격동적인 삶을 겪은 살로몬 란돌트 쪽에서도 그녀와 결혼하여 많은 그림과 작품을 모아놓은 그녀의 집에서 나머지 삶을 안정적으로 사는 것보다 더 좋은 것을 바랄 수 없을 것 같았다.

양가에서도 두 사람의 결합이 유익하고 바람직하게만 보였기 때문에 예술에 심취한 두 사람이 점점 친밀해지는 것을 싫어하진 않았다. 그래서 일이 발전하여 투마이젠가의 처녀가 아직 전혀 모르고 있는 살로몬의 그림을 그녀에게 보여준다는 외교적 평계를 대어 투마이젠가의 사람들이 란돌트가를 방문하기에 이르렀다.

살로몬 란돌트가 비록 명백한, 정열적인 예술가의 소질을 갖고 있었다고 하더라도 그는 완결된, 완전한 예술가로서의 인증을 결코 얻지 못하고 있었다. 그의 생활이 그에게 명성을 얻을 그런 시간적 여유를 허락하지 않았을 뿐 아니라 약간 태평한 성격의 소유자인 그가 그런 명성에 욕심을 부리지 않았기 때문이었다. 하지만 그는 예술애호가로서 자주성에서나, 근원적으로 풍부한 사고에서, 그리고 자연에 대한 직접적이며 독창적 이해에서 현저하게 높은 수준에 있는 사람이었다. 그래서 이러한 방법과 방식으로 과감하고도 신선한 창작활동이 이루어졌는데, 이 창작활동은 가장 진정한 의미에서의 영원한 사랑의 열기로 충만해 있었다.

그러므로 그가 자신의 화실을 '그림을 위한 기도실'이라고 부른 작업실은 사면의 벽과 화가(畵架)에 엄청나게 풍부한 내용의 그림들을 보여주고 있었다. 우리가 볼 수 있는 그림들이 매우 다양했음에도 불구하고 모든 그림에서 똑같이 비범하면서, 동시에 은근히 조화로운 정신이 빛나고 있었다. 불타오름과 소멸 사이의 부단한 변화, 내적으로 조용한 자연의 메아리와 그 소리의 사라짐과 같은 그의 다양한 묘사방법은 오직 똑같은 음악작품의 화음이 조화를 이루고 바뀌면서 동시에 울리는 것 같았다. 먼동이 트는 풍경, 붉은 해가 지는 저녁, 앞에 펼쳐져 있는 들판의 관목에 달빛이 스치면서 비춰주고 있었고, 무겁게 내린 이슬에 덮인 거미줄이 쳐진 어두운 숲들, 호수의 만(灣) 위에 떠서 푸른 빛 속에서 고요히 유영하는 만월(滿月), 갈대숲 위에서 안개와 싸우는 가을 햇빛, 숲 가장자리에 있는 나무줄기 뒤에서 일어난 대형 화재가 발산하는 작열하는 붉은 불빛, 굴뚝에서 연기가 나고 있는 회녹색 들판의 작은 마을, 뇌우로 번쩍이는 하늘, 세차게 퍼부은 비로 생긴 파도의 거품 등, 이 모든 다양한 묘사법들은 단 하나의 기본모델, 즉 생명의 입김으로 생기가 도는, 역동적인 기본지침을 토대로 하고 있었다. 그리고 무엇보다도 이 모든 자연묘사는 자신이 보고 경험한 것의 결과, 즉 야간 도보여행이나 폭풍우를 뚫고 밤낮 가리지 않으며 쉬지 않고 떠나는 기마여행의 결실로 보였다.

그런데 이 그림들의 모든 자연묘사는 격렬하게 움직이고, 호전적이고, 혹은 고독하게 배회하거나, 혹은 구름이 지나가 버리는 것처럼 빨리 말을 타고 지나가거나 혹은 조용히 지상에서 피 흘리며 죽어가는 인간들과 관련된 것을 생동감 있게 그린 것이었다. 7년 전쟁의 기마 정찰대, 도주하는 키르키즈인과 크로아티아인, 칼 싸움하는 프랑스 사람들, 그다음엔 또, 조용히 움직이는 사냥꾼들, 농부들, 들일을 마치고 집으로 돌아오는 쟁기 실은 마차, 가을 초원의 목동들, 게다가 전쟁이나 사냥 때문에 놀라 쫓겨난 숲새와 물새들, 풀 뜯는 노루와 살금살금 걷는 여우, 이 모든 생물이 각기 자기 처지에 따라 정확하게 어울리는 적당한 장소에 지리히고 있었다. 또한, 지나가는 비와 힘겹게 싸우는, 회색으로 불분명하게 그린 작은 남자가 뜻밖에도 잘 아는 사람이라는 것을 알아보는 경우도 종종 있었다. 이 사람은 아마도 어떤 무례한 짓에 대한 벌로 여기서 비유적으로 흠뻑 젖은 모습으로 표현된 것 같았다. 혹은, 사람들은 밤의 마녀같이 중상모략하는 여자가 처형장을 씻어낸 늪지대 웅덩이에서 발을 씻는 모습을 그린 그림을 보기도 했다. 혹은 마지막으로, 조용히 파이프 담배를 피우면서 언덕을 지나 석양을 향해 말을 타고 달리는 화가 자신의 모습을 담은 그림도 볼 수 있었다.

손님들의 방문은 매우 세심하게 준비되었으며, 손님들은 지극히 공손하게 영접 되었다. 커피를 마시고 나서 살로몬은 축제일에 입는 것과 다름없이 신경 써서 차려입고 온 아가씨를 예술작품이 있는 그의 방으로 안내했다. 나머지 사람들은, 두 사람을 배려하는 차원에서, 정원에서 산책하고 집의 내부 및 외부의 생김새를 보기 위해 그대로 남아 있었다. 살로몬은 이제 아가씨에게 그림들과 그리고 간간이 사냥 도구, 무기, 직접 마련한 동물의 해골 등 많은 다른 물건들을 보여주고 설명했다. 빨간 헝가리 경기병 복장을 하고 안락의자에 앉아 화가(畫架)의 그림을 관찰하고 있는 것으로 보이는 꼭두각시는 방에 들어설 때 이미 그녀를 놀라게 해서 그녀에게 가느다란 비명을 지르게 했다. 그러나 나중에 그녀는 잠자코 있긴 했지만 기쁨이라든가 박수갈채 같은 어떤 찬동하는 표시도 전혀 보이지 않았다. 이 모든 세계가 그녀에게 낯설고 이해할 수 없었기 때문에 호기심조차도 나타내 보이지 않았다. 살로몬은 그러한 반응에 개의치 않았다. 그는 그녀의 칭찬이나 감탄을 목표로 하지 않았기 때문에 심지어 그녀의 그런 반응을 염두에 두지 않았다. 그는 그녀에게 모든 그림을 끝까지 보여줄 목적에 이르려는 열정으로 계속해서 이 그림에서 저 그림으로 서둘러 빠르게 이동할 뿐이었다. 그러는 동안 밝은 색깔의 옷감으로 만든, 상반신에 꼭 끼는 옷을 입은 바바라는 몹시 불안해서 그러는 것처럼 점점 더 거칠게 호흡하기 시작했다. 지는 달빛과 이른 아침노을의 싸움이 벌어진 강을 그린 그림 앞에서 란돌트는 이 감명을 주의 깊게 관찰하기 위해 어느 날 얼마나 일찍 일어나지 않으면 안 되었는지, 주둥이 북[35]이라는 악기의 도움 없이 그 효과를 도출해낼 수 없었을 것이라고 얘기했다. 그는 매우 섬세한 색깔들을 섞으려고 할 때면 그 음악의 효과를 이용한다고 웃으면서 설명했다. 그러고 나서 그는 수천 가지 물건들로 뒤덮인 책상 위에 놓여있는 작은 악기를 잡아들더니 입에 갖다 대고 거의 숨을 내쉬지 않고 떨리는 듯 부드러운 몇 가지 소리를 악기에서 끌어냈다. 그 소리들은 때로는 사라질 듯하기도 했고, 때로는 살짝 커지면서 서로 뒤섞여 사라지기도 했다.

"이것 봐요." 그는 큰 소리로 말했다. "이 색깔은 샛별이 아직 유별나게 크게 빛나는 동안 물 위에서 연한 적동색으로 되어가는 그런 청회색입니다! 이 색은 내가 이 그림을 그린 날 이 지역에 비가 올지 모른다는 것을 암시하는 거로 생각해요."

살로몬이 기뻐하며 그녀 쪽으로 몸을 돌려 보았을 때 그는 정

---

35 Maultrommel : 치아 사이에 끼우고 퉁겨 소리를 내는 일종의 악기.

말로 바바라의 두 눈에 벌써 눈물이 가득 고여 있는 것을 발견했다. 그녀는 아주 창백해져서 절망한 듯 외쳤다.

"안 돼, 안돼요! 우린 어울리지 않아요, 결코, 절대로 안 돼요!"

너무나 깜짝 놀라서 그는 그녀의 손을 잡고 무슨 일이냐고, 몸이 어떠냐고 물었다. 그러나 그녀는 격렬하게 그의 손을 뿌리치더니 혼란스런 말로, 자기는 그 모든 그림을 조금도 이해하지 못하며, 그의 예술을 이해하지 못하겠고, 앞으로도 이해하지 못하리라는 것을, 그 모든 것이 그녀에겐 거의 적대적으로 느껴지고 그녀를 불안하게 한다고 넌지시 말하기 시작했다. 그런 상황에서는, 예술적 표현방법이 각기 다른 방향으로 가기 때문에, 조화로운 삶에 관해 얘기할 수 없다는 것이었다. 그리고 그녀가 그의 작품 활동을 아주 조금만 이해하고 동의할 수 있는 것과 마찬가지로, 란돌트도 지금까지 그녀를 행복하게 해준 평화롭고 순수한 그녀의 습작들을 그다지 존중하고 평가해줄 수 없을 것이라고 했다.

란돌트는 그녀가 무슨 말을 하는 건지, 그녀를 불안하게 하는 것이 무엇인지 이해하기 시작했다. 그래서 그는 부드럽게 그녀를 위로하면서 자기 습작들은 바로 그녀의 작품들과 같이 놀이에 불과하고, 전혀 중요하지 않은 부수적인 일이라고 말했다. 그러나 그의 말은 일을 더 악화시킬 뿐이었다. 바바라는 몹시 흥분하여 급히 방에서 나가 그녀의 부모를 찾더니 울면서 집에 데려다 달라고 간청했다. 그 자리에 있던 사람들은 당황하고 어찌할 바를 몰라 그녀를 에워쌌다. 란돌트도 그쪽으로 가까이 왔다. 그녀는 왜 란돌트의 그림을 보고 실망했는지, 다시 독특한 설명을 하기 시작했다. 애당초 그가 그렇게 예민한 젊은 여인의 순수한 소박함에 기대할 수 있었던 것보다 그녀는 자기를 괴롭게 한 것을 훨씬 더 중요하게 생각했다는 것이 더 분명하게 밝혀졌다. 그러나 그녀가 자기 자신의 한계를 극복할 수 없고, 자기에게 낯선 것을 감내할 수 없었던 것은 대부분 그녀가 자라온 어떤 제한된 환경 탓일 수 있다는 것도 더 분명하게 드러났다.

란돌트와 그의 양친의 온갖 설득도 아무 소용이 없었다. 그러나 절망한 아가씨의 부모는 오히려 딸의 불안을 공감하는 것 같았으며 조심스럽게 귀갓길을 서둘렀다. 사람들은 인력거를 주문해서 그 안에 딸을 태우자, 그녀는 즉시 가마의 커튼을 쳤다. 란돌트 가족이 불쾌해 하고 모욕감을 느끼는 와중에 그녀의 가족은 가마꾼들이 갈 수 있는 만큼 그렇게 빨리 그의 집을 떠났다.

다음날 오전에 살로몬은, 그때가 적당한 시간이라고 생각하자마자, 개종위원회 서기의 집으로 갔다. 그의 딸의 안부를 묻고, 그가 할 수 있는 일이 무엇일지, 그리고 관계를 개선할 수 있는지 알아보기 위해서였다. 그녀의 부모는 공손하게 용서를 구하면서 그를 맞이했으며, 그에게 이렇게 자세히 설명했다. 그의 심오한 자연 예찬과 그림 그리기에 대한 열정적 욕심, 그뿐 아니라 인체모형, 동물의 뼈와 다른 모든 진기한 것들이 딸의 단순한 마음을 놀라게 한 것 같다고 얘기했다. 그들 자신도 그렇게 특별한 표현력을 가진 예술가의 기분이 평범한 시민가정의 평화를 방해할 우려가 있을 것 같다는 생각을 하지 않을 수 없다고도 했다. 선량한 살로몬을 점점 더 많이 놀라게 한 이런 장황한 말이 끝나자 울어서 퉁퉁 부은 눈을 하고, 그러나 평정을 찾은 딸이 나타났다. 그녀는 살로몬에게 친절하게 손을 내밀더니 부드럽지만 단호한 어조로 말했다. 자기는, 두 사람이 각기 성의껏 자기 몫의 희생을 치르면서, 그림을 영원히 체념함으로써 그들 사이에 들어선 모든 낯선 것을 배제하겠다는 확고한 조건 하에서만 그의 아내가 될 수 있다는 것이었다.

살로몬 란돌트는 잠시 동요했다. 하지만 그는 곧 침착하고 냉정하게 대응했다. 그는 순진한 편협성이란 옷을 걸친, 일종의 불손한 모습이 여기에 나타나고 있다는 것을 인식했다. 그런 불손한 태도는 결코 가정의 평화를 보장하지 못할 것이며, 그림을 포기하라고 요구하는 희생을 너무 값비싸게 치르게 될 것이라고 그는 생각했다. 그래서 그는 자신의 '그림기도실'을 변호하기 위한 한마디 말도 꺼내지 않고 그녀의 친인척뿐 아니라, 당사자인 불쾌한 그녀, 그리고 그녀의 모든 수행원 및 안티스테스님과도 작별을 고했다.

5. 지빠귀[아글라야]

종달새라 불린 바바라와 결합할 수 있겠다는 희망이 사라져버린 데 대한 의례적 애도 기간이 지나가고, 마침내 할머니가 알아채 버린 "너절한 모의"에 대한 그녀의 분노가 사라지자마자, 앞서 언급한 종달새의 후계자로 지빠귀가 곧바로 날아왔다. 여러 교외 중 어느 한 교외에 아름다운 정원들로 둘러싸여, 절반은 도시풍이고, 절반은 많은 토지가 딸린 집 한 채가 있었다. 란돌트는 이 집에 꽤 여러 번 오곤 했었는데, 이 집 사람들과 친했고 또 그들에게 잘 보였기 때문이다. 정원의 한구석에 서 있는 키가 큰 가문비나무 위에서, 다시 말해, 해마다 봄이 되면 이 나무의 맨 꼭대기에서 매일 저녁 지빠귀 한 마리가 앉아서 아름다운 노래로 온 동네를 즐겁게 했다는 것은 이 집의 특징으로 인정할 수 있었다. 이 지빠귀 새의 이름에서 란돌트는, 가장 가까운 특징을 이용하는 그의 방식에 따라, 이 아름다운 아가씨에게 아글라야라는 이름을 붙였다. 그런데 이 이름은 실제 이름이 아니라 그가 또다시 고안해낸 이름이었다. 그가 세 여신[36] 중 한 여신의 이름을 가진 이 이름을 아퀼레기아 불가리스라고 하는 매발톱꽃 아글라이라는 식물의 이름과 같은 단어로 착각했기 때문이었다. 우아하고 기품 있는 식물 아글라이의 모습이 그를 이런 착각에 이르게 한 것이었다. 때론 푸르고, 때론 보랏빛 종 모양의 아글라이 꽃들은 지빠귀 혹은 아글라야 양의 윤기 없는 금발이 그녀의 목덜미에 걸려있는 것처럼 그렇게 매력적으로, 휘어지기 쉬운 키 큰 줄기 주위에서 이리저리 움직이며 흔들리고 있는 것 같았다.

란돌트가 작년 봄 어느 날 저녁 그 집을 지나가고 있었을 때 그는 지빠귀의 노래를 듣기 위해 잠시 멈춰 섰었다. 그리고 그는 나무 아래에 서 있는 그 아름다운 여인을 처음으로 보았었다. 그녀는 여러 해 동안 외국에서 체류하다가 집에 돌아와 있던 그 집의 딸이었다. 그는 아주 분명히 그녀의 모습을 보았었다. 하지만 당시 그는 마침 벤델가르트의 송사에 얽혀 있었기 때문에 모자를 살짝 벗어 인사한 후에 가던 길을 계속해서 갔었다.

이제 가을이 되었다. 살로몬 란돌트가 부드러운 햇빛을 받으며 작은 숲의 변두리를 스쳐 지나가다 뒤늦게 피어있는 아글라이 꽃을 발견했다. 그가 그 꽃을 꺾어 눈여겨 바라보았을 때, 그 날 이후 결코 더 이상 생각하지 않고 있었던, 지빠귀나무 아래에 서

---

36 drei Grazien: 우아를 상징하는 그리스의 세 여신(Euphrosite=Frohsinn(명랑), Thalia=Festfreude(축제의 기쁨) und Aglaia=die Glänzende(빛나는 여인).

있던 아가씨가 갑자기 떠올랐다. 이 꽃의 신비스런, 직접적 영향은 사랑의 시련을 많이 겪고도 아직도 사랑을 찾고 있는 그의 가슴에, 늦었지만 더욱더 밝게 떠오르는 별처럼, 그것은 더 높은 유형의 신들이 보내는 확실한 영감으로 느껴졌다. 그는 곱슬머리를 가진 날씬한 그녀의 모습을 분명히 눈앞에서 보았다. 그는 그녀가 막 눈을 내리깔고 새의 노랫소리에 귀를 기울이고 있다가, 이젠 인사하는 그 남자를 진지하게 바라보던 모습을 보았다. 같은 날 저녁에 그는 오랜만에 처음으로 다시 그 집을 방문하여 환담하면서 약 세 시간 동안 그 집 식구들과 같이 있었다. 아글라야는 뜨개질에 몰두하면서 조용히 책상에 앉아있었고, 그가 말할 때 아주 솔직하고 주의 깊게 살로몬을 관찰했다. 혹은 다른 사람이 뭔가 중요한 것을 얘기할 때 거기에 대한 살로몬의 의견을 살피려는 것처럼 그녀는 다시 그를 쳐다보았다. 그는 매우 기분이 좋았다. 그가 떠날 때 그녀는 그의 손을 꼭 쥐면서 악수를 했으며, 옛 친구에게 그렇게 하듯, 그의 손을 거듭 흔들었다. 얼마 지나지 않아 그가 거리에서 그녀를 만났을 때 그녀는 뜻밖의 만남을 기뻐하는 조용한 미소로 그의 인사에 응답했다. 그리고 그 후 얼마 안 되어 그녀는 새 친구에게 서한을 보내기까지 하여 작은 규모의 포도수확 축제에 참석하지 않겠냐고 물었다. 포도수확 축제는 막 그녀의 집에서 열리고 있었는데, 오늘 저녁에 재밌는 집안축제로 조촐하게 마무리할 예정이라고 했다. 살로몬 란돌트는 기꺼이 초대에 응하였고 폭죽을 마련하여 적당한 시간에 반쯤 시골냄새가 풍기는 그녀의 집으로 갔다. 그곳에는 많은 젊은이와 아이들이 즐거워하며 모여 있었다. 그는 로켓 모양의 꽃불과 작은 꽃불폭약주머니에 불을 붙였고, 들떠있는 젊은이들에게 인기가 있었다. 아글라야는 곳곳에서 정리정돈에 신경 썼고, 그가 와 준 것에 대해 그리고 폭죽을 다루는 그의 탁월한 능력에 대한 기쁨을 그에게 표시하려고 애쓰면서 계속 왔다 갔다 했다. 전통적 포도수확축제의 식사가 시작되자—안주인인 그녀의 어머니는 몸이 안 좋아서 식사를 포기할 수밖에 없었다—아글라야는 긴 식탁의 아래쪽, 자신의 옆자리에 그를 앉혔다.

그는 식탁에서도 거위 한 마리와 토끼 두 마리를 능숙한 솜씨로 썰어 나누어주면서 쓸모 있는 사람임을 증명했다. 아글라야는 여기에 대해서 그에게 또다시 기쁨과 찬사를 표명했다. 그녀의 아버지가 폭죽의 불꽃으로 손에 화상을 입어서 직접 고기를 토막치지 못했기 때문에 생긴 기회였음에도 불구하고 그는 그런 일을 원해서 하는 사람처럼 해냈다. 축제에 참가하여 흥겨워하는 많은 사람이 배불리 먹었고, 시끄러운 소리, 노래, 음악과 춤이 축제의 중요한 부분을 차지하게 되었을 때, 아글라야는 그날 하루의 일로 피곤하여 이제 쉬어야겠다는 핑계를 대면서, 만족해하며 의자에 몸을 기댔다. 그래서 그녀는 수월하게 옆자리의 란돌트를 계속 자기 옆에 앉아있게 할 수 있었다. 그들은 떠들썩한 가을축제 분위기에 방해받지 않고, 기분 좋은 시간을 보내면서 많은 가벼운 얘기를 조용히 주고받으며 담소했다. 아글라야는 호기심 있는 다정한 눈빛으로 계속 살로몬을 바라보았다. 그러다가 그녀가 생각에 잠겨 앞을 바라보고 있을 때 그는 다시 그녀의 매력적인 머리와 우아한 자태를 눈여겨보았다. 요약해서 말하자면 그들은 이 몇 시간 안에 진정으로 좋은 친구가 되었다. 사랑스런 이 아가씨는 젊은 남자 살로몬과 작별할 때 더 자주 방문해줄 것과 그와의 교제를 놓치고 싶지 않다고 하면서 진지하고 변함없이 사귀자고 그에게 정식으로 요청했다.

그녀는 그다음에도 계속해서 뭔가를 요청하거나—그녀는 재치 있게 꾀를 부려 약속을 지키게 하였다—약속한 것을 실천해달라는 새로운 소식을 보낼 방법을 찾아냈다. 그래서 살로몬은 진심으로 그가 마침내 진정한 짝을 찾게 되었다고 생각했다.

'이 여자는 자기가 원하는 것이 무엇인지를 아는 여자이군. 그리고 새침 떨지 않고 목표를 향해 솔직하고 정직하게 힘차게 나아가는 그런 여자야. 이 일이 나 자신과도 관계되는 일이기 때문에 이 목표가 현명한 건지 어리석은 건지 검토할 정도로 나는 어리석지 않아. 어떻게 자기 목표에 도달할 것인지는 각자 알아야 하는 거니까'라고 그는 생각했다.

이렇게 그는 이전의 모든 꿈보다 더 달콤하고 더 사랑스러운 것 같은, 또 하나의 새로운 꿈으로 점점 더 깊이 빠져들었다. 그리고 그는 푸른 하늘처럼 맑고 조용하고 진정 새로운 삶을 꿈꾸었다. 하지만 그는 일을 너무 서둘러서 이 명백한 관계를 악화시키는 것을 무의식적으로 조심스럽게 피했다. 오히려 그는 점점 더 자신감을 갖고 열정적으로, 여태껏 한 번도 체험하지 못했던 바로 이러한 평온함을 겨우내, 그것도 더욱더 진하게 만끽했다. 아글라야가 명랑하기보다는 더 진지한 분위기에 잠겼고, 종종 몽환적 생각에 빠져있다가 갑자기 그를 쳐다보았기 때문이었다.

'그래, 이 여자도 어디 한번 좀 초조하고 궁금하게 해줘야지! 여자들은 우리 남자들을 이미 충분히 괴롭혔으니까!'라고 그는 생각했다.

그러나 연초에 아글라야가 자신이 이 일의 주도권을 잡으려고 하는 것 같이 보였다. 그녀는 뜻밖에도 그동안 게을리했던 승마 연습을 다시 하고 싶다고 말했다. 그리고 별로 힘들이지 않고 란돌트가 그녀의 동반자이자 스승으로 선택되도록 유도했다. 이렇게 되어 그들은 지극히 아름다운 교외의 길이나 호숫가의 길에서, 그리고 언덕의 작은 숲길을 지나 함께 말을 타고 갔다. 하지만 이때 아글라야는 그녀가 전적으로 더는 아무런 수업도 받을 필요가 없다는 것을 보여줬다. 그럴수록 그들의 대화는 더 친밀하고 더 다양해졌다. 그들은 이 아름다운 세상에서, 가끔은 평탄하지 않은 세상에서, 무엇이 그들을 기쁘게 하고 무엇이 불쾌하게 하는가를 허심탄회하게 터놓고 얘기했다.

살로몬의 여러 가지 연애사 중 한두 가지는 누설되었을 수도 있었다. 개종위원회 서기의 집에서 흘러나온 살로몬 란돌트의 마지막 모험적 연애담이 이미 사람들의 입에 오른 것은 분명했다. 종달새 아가씨네 식구들의 방문이 비극적으로 끝난 결과 격식을 갖춰 그녀가 가마를 타고 가버린 일은 충분한 설명이 필요한 사건이기 때문이었다.

초록 잎이 나기 시작하는 보리수 아래에 멈춰 서서 말들을 쉬게 하는 동안 아글라야가 매우 관심 어린 조용한 목소리로 종달새 사건과 관련하여 이렇게 말했을 때 란돌트는 그녀의 말을 주의 깊게 들었다.

"사랑하는 란돌트 씨, 당신도 이미 매우 불행한 때가 분명 있었겠지요!"

갑작스러운 질문에 놀라서 그는 웃으며 그녀를 바라보면서 그냥 이렇게 대꾸했다. "아, 다 그런 거지요. 사촌 슈틸레[37]처럼, 지금까지 살아오면서 제겐 이미 몇 번 좋은 일도 있었고, 좋지 않은 일도 있었다고 말할 수 있습니다." 그러나 그는 마음속으로는 '이제 때가 온 거야!' '이제 사랑을 고백해야 해!'라고 생각했디. 그러니 그가 말을 타고 달리고 있는 상황이, 손을 잡는다던가 몸을 굽힌다든가 하는, 사랑을 고백할 때 하는 동작으로 사랑의 고백을 감

---

37 Vetter Stille : 셰익스피어의 작품 《헨리 4세 König Heinrich Ⅳ》 2부에 나오는 덜 떨어진 시골사람.

행하기에 적절하다고 생각하지 않았든 간에, 혹은 조심스러운 마지막 망설임이 그의 마음에 영향을 끼쳐 그렇게 하지 못하게 되었든 간에, 그가 빠른 속도로 말을 달렸기 때문에 대화가 중단되었다. 그러나 아글라야는 헤어질 때 더욱더 따뜻하게 그와 악수하였다. 그는 집에 도착하자마자 그녀를 얼마나 좋아하는지를 편지에 몇 줄 써서 그녀에게 보냈다. 곧바로 그녀는 호의적인 그의 말이 그녀를 감동하게 하고, 기쁘게 하고 영광스럽게 한다고 그에게 답장했다. 적당한 구실을 찾게 될 테니 내일 오랫동안 산책하러 가기 위해 자기를 데리러 오면 좋겠다고 썼다. 이른 아침 그녀는 만나는 형식과 구실을 정했다는 또 한 장의 편지를 보내왔다. 두 사람이 같은 곳에서 우연히 만난 것이며, 좋은 날씨에 산책할 적당한 동반자를 만난 것이라는 등등의 구실이었다.

란돌트는 거의 전장에 나가는 전사와 같은 복장으로, 평소보다 더 신경 써서 옷을 차려입었다. 그는 심지어 셔츠의 양 소맷부리에 석류석 단추를 끼웠고 은색 손잡이가 달린 가늘고 긴 파이프를 손에 들었다.

그가 나타났을 때 아글라야도 가장 아름답고 화려한 여름옷 차림을 하고 이미 와 있었다. 그녀는 제비꽃 무늬의 하얀 원피스를 입고 있었으며 가장 부드러운 가죽으로 만든 긴 장갑을 끼고 있었다. 그러나 가장 귀중한 장식은 그녀의 두 눈이었다. 그녀는 그와 악수할 때 반짝이는 아름다운 눈으로 살로몬에게 고마워하며 그를 쳐다보았다. 중요한 용무가 있어서 좀 더 빨리 가려고 하는 사람처럼 그녀는 란돌트에게 출발하자고 재촉했다.

란돌트는 보기 드물게 아름다운 아글라야가 좁은 길 위에서 걸어가는 모습을 보았을 때 종 모양의 꽃을 가진, 그 날씬한 아글라야라는 식물을 마음속으로 찬미했다. 바로 그 아글라이꽃이 그를 아글라야라는 여인과 사귀도록 인도했기 때문이다. 그들은 너도밤나무 아래를 걷고 있었는데, 미풍이 어린 너도밤나무 잎에서 조용히 살랑거렸다. 그 가벼운 바람은 아글라야의 목덜미와 어깨 위에 흘러내린 곱슬머리를 가볍게 움직였다.

"멋진 속담 중에는 이런 좋은 속담이 있지!" 그는 혼잣말했다. "마지막에 웃는 사람이 가장 잘 웃는다, 끝이 좋으면 만사가 좋다!"라는 속담 말이야.

이 순간 길의 폭이 더 넓어졌기 때문에 아글라야는 몸을 돌려 그의 옆으로 걸어왔다. 그녀는 다시 한 번 그에게 손을 내밀었으며, 아름다운 홍조가 그녀의 얼굴을 빛나게 했다. 그러더니 눈물이 가득 고인 눈을 반짝이며 그녀는 이렇게 말했다.

"저에 대한 당신의 고귀한 호감과 신뢰에 대해 감사드려요! 당신은 행복해지셔야 하고, 또 행복해지실 거예요. 제가 당신을 행복하게 해줄 여자로 선정되었다고 가정하는 것보다 당신은 더 행복해지실 겁니다. 저 자신이 행복하기도 하고 불행하기도 한 열정에 사로잡혀 있다는 것을, 제가 어떤 남자를 매우 사랑하고, 그 남자도 저를 사랑하고 있다는 것을 당신은 아셔야 해요. 제가 사랑받고 있다는 것을 당신에게 말해도 되겠지요!"

이렇게 그녀는 매우 감동적인 많은 말을 하면서 그녀의 연애담과 고통에 관한 이야기를 했다. 이것은 독일에서 일어난 일이며 어느 성직자와 관련된 일이라고 했다.

"성직자 나부랭이!" 란돌트는 거의 소리 내지 않고 말했다. 은도금한 지팡이를 들고 있었음에도 불구하고, 그리고 아주 작은 돌멩이조차도 길에 놓여있지 않았지만, 그는 지금 약간 비틀거리며 걸었다.

"오, 나부랭이라고 하지 마세요!" 그녀는 애원하듯 소리쳤다. "그분은 멋진 사람이에요! 이것 보세요, 뭐라고 설명할 수 없는 이 눈을 들여다보세요!"

그녀는 눈에 띄지 않게 잘 숨겨둔 작은 줄에 달고 다니는 조그만 메달을 가슴에서 꺼내더니 살로몬에게 그 남자의 사진을 보여줬다. 그 사람은 검은 복장을 한 젊은 남자였는데, 상당히 균형 잡힌 이목구비를 하고 있었지만, 많은 화가가 나사렛 예수를 표현할 때 그리는 크고 검은 눈을 가진 남자였다. 그런 눈을 까만 유노[38]의 눈이라고도 부를 수 있었다. 그러나 란돌트는 씁쓸한 감정으로, 그러나 경직된 시선으로 사진을 들여다보면서 그런 눈을 암

---

38 Juno : 로마의 여신, Hera와 동일시됨. 눈이 100개인 아르구스를 시켜 제우스의 연인을 감시하도록 함. Junoaugen: 의심하는, 복수에 불타는, 감시하는 눈.

소의 눈이라고 생각했다.

그녀가 그 사진을 다시 하얀 가슴속으로 감추어 넣었을 때 란돌트는 '마지막에 웃는 자가 가장 잘 웃는다'라는 속담을 인용하면서 사진 속 그 남자가 그녀의 가슴 속에서 이번엔 자기가 이겼다고 조용히 키득거리는 소리를 듣는 것 같았다.

그런데 아글라야가 지금부터 계속해서 한 이야기는 대충 이러했다. 미숙한 소녀였던 그녀는 일찍이 교육을 받기 위해 어느 독일 도시에 있는 친척 집에 보내졌다. 그녀는 친척 집에서 젊은 성직자를 알게 되었다. 그는 젊은 나이였는데도 설교자로서 이미 매우 인정받고 있었다. 그는 대단한 정통파 기독교도였음에도 불구하고 당시의 경건주의에 열광하는 기미를 보였다. 그는 신적인 것과 행복을 만드는 것, 사랑에 대한 무한한 존중과 인간의 영원한 고향에 대해 매우 정열적으로, 확신에 차서 말했기 때문에 이 모든 것이 그 사람 안에 현존하여 보장된 것 같았다. 마음을 사로잡는 그의 유혹적인 눈과 관련지어 볼 때에도 젊고, 미숙한 소녀에게 그의 마음을 소유하고자 하는 억제할 수 없는 동경을 불러일으켰다. 그 남자를 향한 동경은 모든 것을 너무 꾸미고 미화시킨, 지나치게 화려한 환상을 통해 달콤쌉쌀하게 불타오르는 열정으로 견고해졌다. 그 열정은 줄어드는 대신 해가 갈수록 커졌다. 당연히 곧 들키고 마는 그런 열정은 상대방의 확고한 사랑을 얻지 못할 것 같으면 그렇게 아름다운 여인의 마음에 자리 잡지 말았어야 했다. 하지만 친척은 물론 부모도 여러 가지 이유에서 두 사람의 결합을 반대했다. 그래서 우아한 여인 아글라야의 마음의 상태가 심각해질수록 그녀의 동경과 소망에서 분출되는 어려움 또한 점점 더 심각해졌다. 그 결과 그녀는 결국 심리적 곤경에서 구출되어 강제로 집으로 돌아오게 되었다.

그러나 그녀는 강한 성격의 소유자였기 때문에 더욱더 고집스럽게 자신의 사랑을 고집했다. 그녀는 사랑하는 사람과 편지를 주고받았다. 젊은 목사가 높으신 분을 모시고 스위스 여행을 하던 중 그녀를 볼 기회를 얻게 되어 그녀를 직접 만나려고 그녀의 집을 방문하는 허락을 얻게 되었을 때였다. 그녀는 겉으로는 조용했지만 속으로는 또다시 강하게 타오르는, 절대 멈추지 않는 희망으로 들떠있었다. 그의 지위와 미래가 그토록 안정돼 보이긴 했지만 여러 가지 사정과 그녀의 부모님이 반대하는 이유는 변함이 없었다. 그녀의 부모는 애당초 딸의 문제에 대해 다른 의도를 품고 있었으며, 침착한 온화함과 사랑으로, 또한 대단한 인내심으로 그들의 계획을 고수했다.

상황이 그러했을 때 줄곧 도움을 찾고 있던 아글라야는, 위에서 서술한 바와 같이, 얼마간의 노력으로 살로몬 란돌트를 친구이자 협력자로 얻으려고 애썼는데, 살로몬이 조력자가 되었다. 그는 그녀가 방문하려고 했던 영지까지 성심껏 데려다 주었으며, 저녁때쯤 그녀를 거기서 데려왔다. 그리고 그들이 집에 왔을 때 그녀는 완전히 혼자서 그를 차지하게 되었다. 살로몬은 지금까지 보지 못했던, 그토록 열렬한 그녀의 사랑을 좋아했고 감탄했다. 심지어 이런 뜨거운 사랑을 받는 행복한 남자에게 호감을 느끼게 되었으며, 아름다운 아글라야를 돕는 것을 권리이자 의무이며 영광이라 생각했다.

우선 그는 영향력 있는 제3의 인물들과 은밀하게 논의하였으며, 그녀의 부모에게 새로운 관점과 조언을 우회적으로 전달할 수 있었다. 그런 다음 그는 직접 그녀의 부모와 만나서 그것을 반복해서 말했다. 6개월이 지나기 전에 그는 어려운 문제들을 해결하였으며, 목사는 그의 신부와 결혼할 수 있었다. 그녀는 란돌트가 자신에게 종교국의 평정관 부인과 궁정 설교사 부인의 칭호까지 갖게 해 준 것에 대해 친구 란돌트에게 감사하지 않으면 안 되었다. 그는 그녀가 경제적으로 유복하게 잘 살 수 있도록 취리히에서 제일 고매하고 박식한 사업상의 친구들에게 도와달라고 채근했기 때문이다.

그의 진심 어린 관심은, 그녀가 4년인가 5년 후에 고독한 과부로 돌아왔을 때도, 여전히 그녀에게 남아있었다. 왜냐하면, 유감스럽게도 그녀 남편의 푹 파인 눈의 광채는 부분적으로 폐병의 결과이기도 했는데, 그는 그 지병으로 일찍 죽었던 것이었다. 그뿐 아니라 그 남자의 불타는 공명심도 물론 그의 심신을 쇠약하게 했다. 그 공명심은 세속적 명성, 승진, 생계에 대해 끊임없는 걱정으로 나타났다. 그래서 아글라야는 결혼 전에도 후에도 몇 년 간의 짧은 결혼생활에서만큼 그렇게 대단히 집중적으로 수입이 나, 십일조와 봉급을 계산하며 사는 삶을 살았던 적이 결코 없었다. 그녀는 남편이 죽고 난 지금은 더욱더 침착하게, 순응하면서 사는 것 같았다.

****

위에서 언급한 이 사람들이 그라이펜제의 태수가 자기 집에 한꺼 번에 모아서 보기를 갈망했던 다섯 여인이며, 옛 연인들이었다. 두 세 명은 취리히에, 다른 이들은 거기서 멀지 않은 곳에 살고 있었 다. 그런데 어느 여자도 다른 여자가 오는 줄 모르게, 그리고 또 다 른 친한 손님들을 만날 것이라는 생각으로 각자 혼자씩 오게 하 는 방식으로 그녀들을 끌어내어 오게 하는 것이 중요했다. 그는 이 모든 것을 마리안네 여사와 의논하여 이에 걸맞은 행사들을 준비 했다. 그는 5월 마지막 날을 거대한 축제의 날로 정하고 초청장을 보내게 했다. 다섯 여인이 모두 아무런 의심 없이 초청을 수락했기 때문에 그때까지는 계획한 일이 훌륭하게 잘 되어 갔다.

　5월 31일 먼동이 틀 무렵 란돌트는 성탑의 맨 꼭대기 망루에 올라가서 날씨를 살폈다. 사방을 봐도 하늘엔 구름 한 점 없었고 별들은 사라졌으며, 동쪽 하늘은 장밋빛으로 물들기 시작했다. 그러자 그는 도약하는 괴수(怪獸)가 그려진 커다란 영주의 깃발을 성의 합각머리장식 위에 꽂았다. 그는 뇌성을 울려서 도착하는 아름다운 여인들을 환영하기 위해 원형의 성벽 뒤에 두 개의 작은 대포를 세웠다. 일을 확실하게 하려고 그는 여인들을 한 사람씩 특별한 마차로 모셔오도록 배려했다. 모든 하인은 일요일에 입는 나들이옷과 액세서리를 착용해야 했다. 그런데 가장 귀여운 것은 그의 원숭이 코코였다. 이날을 위해 특별히 훈련시킨 원숭이는 백발의 할멈으로 치장하고 커다란 모자의 리본에는 '나는 시간이다'라는 비문을 달고 있었다.

집 안에서는 이미 집사인 마리안네 여사가 티롤 지방의 구교적 장식이 달린 고풍스럽고 화려한 의상을 입고 서 있었다. 미모의 열네 살 난 소년이 집사를 돕고 있었다. 태수 란돌트가 그 소년을 특별히 선발하여 매력적인 시녀의 옷을 입혀 여인들의 시중을 들도록 지명한 것 같았다.

9시경에 첫 번째 대포가 발사되자 굉음이 울렸다. 나무와 울타리 사이로 마차 한 대가 유유히 들어오는 것이 보였다. 그 마차에는 피구라 로이가 앉아 있었다. 마차가 성문 앞에 멈추자 원숭이가 향기로운 커다란 장미꽃다발을 들고 마차 위로 뛰어 올라가 귀엽고 익살맞은 몸짓을 하면서 그녀의 손에 꽃다발을 쥐여주었다. 그녀는 이 수수께끼 같은 상황을 즉시 이해하면서 장미꽃과 함께 코코를 팔에 안았다. 태수가 검은 옆에 차고 모자를 손에 들고 그녀에게 인사하며 그녀에게 팔을 내미는 사이, 그녀는 기뻐하며, 매우 기분이 좋아서 마차에서 내리면서 큰 소리로 말했다. "대체 당신 집에 이게 다 뭐에요? 지붕 위의 깃발이며, 대포, 그리고 '장미를 가져오는 시간'이란 무슨 뜻인가요?"

피구라는 란돌트에게 전혀 잘못한 것이 없었고 그에겐 여인 중 가장 사랑스러운 여인이었기 때문에 란돌트는 그녀에게 비밀을 털어놓았다. 그는 그녀가 알고 있는 다섯 명의 여자들이 모두 오늘 여기서 함께 모이게 될 거라고 고백했다. 그녀는 처음에 얼굴을 붉혔으나 좀 곰곰이 생각하더니 꽤 상냥하게 미소 지으며 말했다. "당신은 장난꾸러기이고 익살꾼이군요! 조심하세요, 우리는 당신을 응징할 테니까요. 그리고 당신의 원숭이를, 장미꽃들과 함께 구워버릴 거예요. 장미를 들고 있는 원숭이 말이에요! 그렇지? 코코야, 어린 태수님?"

란돌트가 막 그녀를 집 안으로 안내해서 마리안네 여사와 시녀로 분장한 소년이 즉시 그녀에게 시중을 들기 시작하자 또 대포 소리가 났다. 이번엔 마차 두 대가 동시에 집 앞에 도착했다. 도착한 사람들은 벤델가르트와 살로메, 즉 함장과 오색방울새였다. 그들은 이미 오는 도중에 계속 지근거리에서 달리고 있는 다른 마차에 탄 사람이 누구일까 하고 서로 궁금해했었다. 이 두 여인은 서로에 대해, 그리고 태수와 자신들의 옛날 관계에 대해 알고 있었다. 그들은 빨리 호기심 어린 시선으로 서로를 쳐다보았으나, 곧

새 장미를 들고 껑충껑충 뛰어온 코코로 인해 다른 데로 관심을 돌리게 되었다. 란돌트는 양팔에 그녀들을 한 명씩 끼고 여인들을 집 안으로 안내했다.

그 사이 집 안에서 마리안네 여사는 어릿광대 피구라와 첫 번째 '시험'을 막 끝낸 상황이었다. 마리안네는 피구라가 태수를 떠난 데 대한 죄가 없다는 것을 알고 있었기 때문에 그녀를 관대하게, 인간적으로 다루었다. 그러나 오색방울새 살로메와 함장 벤델가르트가 들어오자 마리안네 여사의 눈은 더욱더 이글이글 불타올랐다. 그녀의 매부리코의 콧날과 거무스름한 콧수염이 있는 윗입술은 옛날에 태수를 저버렸던 아름다운 두 여자를 대면하자 몹시 떨렸다. 그래서 태수는 충직한 집사를 제어해서 억지로라도 웬만큼 공손한 태도를 보이도록 엄한 눈짓을 보내야 했다.

방금 도착해서 같은 방식으로 영접을 받은 지빠귀 아글라야도 그녀의 선배들처럼 매우 비판적인 검열을 견뎌내야 했다. 곤경에 처해 있던 그녀를 도와줄 사람을 얻으려고 란돌트에게 한 행동이 용서할 수 있는지, 용서할 수 없는지 아직 결정되지 않았기 때문이었다. 하지만 늙은 마리안네는 아글라야가 어쨌든 순수한 사랑을 할 수 있었고 첫눈에 반해서 결혼한 것을 고려하여 은밀히 불만을 감추고 투덜대면서 그녀를 통과시켰다.

그러나 마지막 대포 소리로 종달새의 도착을 알게 된 마리안네 여사는 그녀에게 거의 눈길도 주지 않았다. 그녀는 태수님과 감히 진실하지 못한 연애를 시작하더니 그가 두려워서 뒤로 물러선 경솔한 이 여자를 어찌해야 할지 몰랐다.

태수는 예민한 종달새가 늙은 헝가리 경기병 같은 마리안네 앞에서 의기소침해져 있다는 것을 바로 눈치챘다. 그녀는 이미 거의 떨고 있었고, 아름다운 여인들 가운데서 어떤 태도를 보여야 할지 모르고 있었다. 그래서 태수는 몇 마디 은밀한 말을 하면서 그녀를 피구라의 특별한 보호에 맡겼고 피구라는 즉시 그녀를 받아주었다. 그런데 이제 거창한 소개와 인사가 있었는데, 아름다운 여인들은 서로서로, 이리저리 쳐다보았으며, 피구라 로이를 제외하고는 자기들이 지금 무엇 때문에 여기 와있는지 몰랐다. 왜냐하면, 벤델가르트와 피구라가 시누 올케 사이라는 것을 제외하고는, 그들은 물론 모두 보기도 하고 소문으로 들어서 이미 서로 알고 있었기 때문이었다. 그러나 피구라는 즉시 태수의 행복한 기분과 같은 그런 밝고 즐거운 분위기를 확산시켰다. 그런데다가 아무것도 하지 않는 데서 생기는 쓸데없는 긴장도 허락되지 않았다. 왜냐하면, 과자를 곁들인 차와 달콤한 포도주로 차려진 가벼운 아침 식사가 차례차례로 제공되었기 때문이다. 마리안네 여사는 술잔에 술을 따르는 일을 맡아 했고, 소년은 찻잔과 유리컵을 들고 다니며 날랐다. 부인들은 모든 것을, 특히 그들에게 약간 의심스럽게 보였던, 분장한 젊은 시녀를 호기심 있게 바라보았다. 그러고 나서 그들은 방 안을 이리저리 돌아다니면서 사방의 벽과 방에 배치된 가구를 보다가, 또다시 서로를 쳐다보았다. 그러는 동안 란돌트는 한 사람 한 사람에게 차례대로 예의 바르고 친밀하게 말을 걸고 만족스러운 눈으로 자세히 살펴보고 비교했다. 결국, 부인들은 마침내 그들이 처한 상황에 대해 확실히 알게 되었으며, 그들이 란돌트의 책략에 말려들었다는 것을 눈치챘다. 그들은 상호 간에 얼굴을 붉히고 미소 짓더니 결국 웃기 시작했다. 하지만 그 이유와 공공연한 비밀은 어느 사람도 말하지 않았다. 왜냐하면, 란돌트가 돌연 지금 잠시 공무를 수행할 일이 있어서 판사로서 몇 가지 사건을 처리해야 한다고 엄숙하고 진지한 구실을 붙여서 그 재미있는 분위기를 가라앉혔기 때문이었다. 처리할 것이 모두 다 비교적 쉬운 일들이고 사소한 부부싸움이기 때문에 공판에 참석하는 것이 숙녀분들을 즐겁게 해줄지도 모르겠다고 그는 말했다. 그들이 그 초대를 감사히 받아들이자 그는 여인들을 커다란 집무실로 안내했다. 그들은 집무실에서 판사석의 양쪽으로 배치된 의자에 배심원들처럼 착석했다. 한편 서기는 여인들 앞 한가운데 있는 작은 책상에 앉아 있었다.

이제 법원 정리가 매우 불만스럽게 살고 있는 시골부부를 데려왔다. 태수는 부부 중 어느 쪽에 책임이 있는지 지금까지 확정을 지을 수 없었다. 왜냐하면, 이 부부는 서로에 대한 불평과 비난이 첩첩이 쌓여있어서 한쪽이 다른 한쪽을 크게 비난하면, 다른 한쪽이 그와 똑같은 심한 반론으로 그것을 되갚아주는 데 있어 두 사람 중 누구도 뒤로 물러서지 않았기 때문이었다. 최근에는 아내가 뜨거운 밀가루 수프가 가득 담긴 양푼을 남편의 머리에 던진 일이 벌어졌다. 그래서 남편은 지금 머리에 화상을 입은 상태로 서 있었으며, 그의 머리카락은 이미 뭉텅이로 빠져버렸다. 그는 지극히 불안한 마음으로 매 순간 머리카락이 더 많이 빠지지 않을까 살폈으며, 새로 머리카락이 뭉치로 빠져 손에 잡힐 때마다 머리카락을 손에 잡은 걸 바로 다시 후회했다. 그러나 아내는 자신의 행위를 단호하게 부인했고, 남편이 몹시 화가 나서 수프 접시를 자기의 모피 모자로 생각하고 머리 위에 뒤집어쓰려고 했다고 주장했다. 태수는 자기 나름의 방식으로 해결책을 찾기 위해 여자를 물러나게 한 다음 남자에게 말했다. "보아하니 고통을 받고 있는 쪽은 당신이고 당신은 가엾은 욥[39]이요, 한스 야콥 씨. 난 그런 부당하고 악한 행위가 당신 아내 쪽에서 행해졌다고 봅니다. 그러므로 나는 당신 아내를 다음 주 일요일, 광장에 설치되어 있는 범죄자훈련기구에 집어넣게 할 것이오. 그러니 당신은 아내를 충분히 벌주었다고 생각될 때까지, 그리고 아내가 온순해질 때까지 모든 지역주민이 보는 앞에서 직접 아내를 이리저리 돌리시오!" 그러나 농부는 이런 판결에 대해 깜짝 놀라며 그 판결을 거둬달라고 태수에게 간청했다. 그녀가 비록 나쁜 여자라 할지라도 그녀는 어쨌

---

39 작가는 이 남자를 이유도 모른 체 수난을 당해야 했던 구약성서 욥기의 인물 욥과 비교함.

든 자기 아내이기 때문이라고 말했다. 그래서 아내를 그런 식으로 대중 앞에서 창피를 당하게 하는 것은 적당한 방법이 아니라고 생각한다는 것이다. 그는 이 일을 심한 꾸지람을 하는 정도로 끝내 달라고 요청하고 싶다고 했다. 그런 다음에 태수는 남자를 내보내고 여자를 다시 들어오게 했다. 태수는 그녀에게 이렇게 말했다. "당신의 남편은 보아하니 변변찮은 사람이고 당신을 불행하게 하려고 자기 스스로 머리를 데었소. 그가 선택한 악행은 벌 받아야 마땅한바, 당신 자신이 직접 벌을 주시오! 우리는 이 자를 일요일에 범죄자훈련기구에 집어넣으려 하오, 그러니 그다음 당신이 원하는 만큼 그렇게 오랫동안 남편을 모든 시민 앞에서 엄하게 훈련시키시오!" 여자는 그 소리를 듣자 기뻐서 껑충껑충 뛰더니 훌륭한 판결을 내려준 태수에게 감사하다고 했다. 그러더니 그녀는 범죄자훈련기구를 열심히 돌릴 것이며, 남편의 마음이 아플 때까지 지치지 않고 돌릴 것이라고 다짐했다.

"이제 누가 누구에게 잘못이 있는지 알겠소!" 태수는 엄숙한 어조로 말하고 그 못된 여자를 3일간 탑 속에 투옥하라는 선고를 내렸다. 그 싸움꾼 어지는 몹시 화가 나서 법정 주변을 둘러보았다. 장미꽃을 들고 좌우에 앉아있던, 무서워 겁에 질려 그녀를 관찰하고 있었던 여인들을 보았을 때, 그녀는 끌려나가기 전에 양쪽을 향해 혀를 쑥 내밀었다.

이번엔 왜 그런지 이유를 모르며 가정의 평화를 찾을 수 없고,

걱정으로 얼굴이 몹시 여윈 부부가 나타났다. 그러나 불행의 근원은 부부가 결혼해서 첫날부터 결코 한 번도 서로 제대로 말을 한 적도, 말을 주고받은 적도 없었다는 데 있었다. 이렇게 된 이유는 또 어떠한 화해의 토대를 찾을 수 있을 만한 외적인 조화가 두 사람에게 똑같이 모자랐다는 데 있기도 했다. 재단사였던 남자는, 그의 말에 의하면, 깊은 정의감을 갖고 있었다. 다른 재단사들이 노래를 부르거나 시시한 농담을 생각해내는 반면 그는 바느질하는 동안에 중단 없이 정의감에 대해 골똘히 생각했다. 그의 아내는 오로지 작은 밭을 일구었으며 일을 하면서 다음번 싸움에서는 지지 않으리라 결심했다. 그런데 둘 다 부지런한 사람들이었기 때문에 그들은 거의 매번 식사하는 동안에만 싸울 시간이 있었다. 그러나 그들은 이 시간도 적절하게 충분히 이용할 수 없었다. 그들은 대화를 시작하자마자 바로 날 선 논증을 들이대면서 상대방의 말을 듣지도 않고 서로 쏘아붙여서 더는 제어할 수 없는 싸움의 늪에 빠져들게 되었기 때문이었다. 이런 상황에서 그들은 더는 제대로 싸움을 할 수 없었고, 그들의 논쟁은 말 없는 격분 속에서 막혀버리고 말았다. 이러한 생활방식으로 사는 그들에게 음식은 살이 되지 않았다. 이미 말한 대로 그들은 다정함에 있어서만 매우 부족했음에도 불구하고 초췌하고 쇠약해 보였다. 그들은 말할 나위 없이 가장 가난한 프롤레타리아들이었다. 어제는 남자의 분노가 극에 달해서 벌떡 일어나 식탁을 떠났다. 그런데 구멍 난 식탁보가 그의 조끼 단추 중 한 단추에 걸렸기 때문에 그는 오트밀 수프, 채소 그릇과 접시들과 함께 식탁보를 끌어당겨서 모든 것을 바닥에 던져버렸다. 여자는 그것을 의도적 폭행이라 생각했다. 그 때 재단사에게 갑자기 좋은 아이디어가 떠올랐다. 그는 좀 더 자기 체면을 세우고 강한 남자로 보이기 위해서 아내로 하여금 그렇게 믿게 내버려두었다. 그러나 여자는 그런 행동을 참으려 하지 않았고 그를 태수에게 고발했던 것이다.

태수는 이제 그들의 말을 차례로 듣고 아무런 나침반도, 방향타도 없는 그들의 절망적 싸움을 인지했을 때 송사의 성격을 알아챘다. 그는 부부에게 4주간의 징역형을, 즉 이 기간 동안 감옥에서 부부가 공동으로 하나의 수저를 사용하도록 선고했다. 태수의 신호에 따라 정리(廷吏)가 철제 사슬에 걸려있던 수저를 벽에서 떼어냈다. 이 수저는 보리수나무를 깎아 아주 잘 만들어졌고, 같은 손잡이에 두 개의 주걱이 달린 수저였다. 하지만 한 개는 위쪽을, 다른 하나는 아래쪽을 향하도록 만들어져 있었다.

태수는 이렇게 말했다. "보시오, 이 수저는 사랑, 평화, 정의의 나무인 보리수로 만든 것이오. 당신들이 시로 수저를 건네주며 밥을 먹을 때 (당신들은 제2의 수저는 받지 못하기 때문에 수저 한 개로 둘이 먹어야 하기 때문이오) 꽃이 피고, 새들이 노래하고, 그 나무 위로 하늘의 구름이 지나가고 그 그늘에서 연인들이 앉아있고, 판사들이 회의하고 화평이 맺어지는 초록색 보리수를 생각하시오!" 남자는 수저를 들고 가야 했고 여자는 앞치마로 눈물을 닦으며 그를 따라갔다. 그렇게 해서 창백하고 여윈 이 부부는 비참한 심정으로 태수가 지정한 장소인 감옥으로 갔다. 그곳에서 부부는 4주 후에 화해하고 사이가 좋아져서, 뺨에 은은한 홍조를 띄우기까지 하면서 다시 감옥에서 나왔다.

이 부부 다음엔 불쾌한 인상의 뚱뚱한 여자가 감옥에서 불려 나왔다. 그녀는 언짢은 얼굴을 하고서 주변을 살폈으며, 건강상태가 좋지 않았다. 이 여자는 부태수의 부인이었다. 그녀는 자신들에게 호의를 베풀어 잘못을 너그럽게 봐달라는 의미로 태수에게 송아지 4분의 1마리를 뇌물로 주도록 자기 남편을 설득한 여자였다. 태수 란돌트는 고기를 직접 들고 와 아첨하면서 건네준 그 여자를, 그녀를 위해 신경 써서 요리한 4분의 1마리 송아지를 그녀가 다 먹을 때까지 그만큼 오랫동안 감옥에 가두어 뒀었다. 그녀는 분명 자기가 할 수 있는 만큼 그렇게 서둘러서 빨리 고기를 먹었기 때문에 지금 어느 정도의 불쾌감을 감출 수 없었다. 태수는 송아지 4분의 1마리를 먹어치우는 것은 뇌물을 주려고 시도했던 것에 대한 벌로 간주할 수 있다는 것, 그러나 자기 남편을 나쁜 일을 하도록 유혹한 것에 대해서는 25굴덴의 벌금형을, 그리고 남의 뜻에 잘 따르는 남편의 결점에 대한 벌로 또 25굴덴의 벌금을 부과한다고 그녀에게 알렸으며, 서기에게 이 판결을 적어두라고 했다. 이 뚱뚱한 여자는 몸을 굽혀 어색하게 인사를 하고 두 손으로 배를 쥐어 잡고 뒤뚱뒤뚱 걸으며 법정을 떠났다.

다음엔 아름다운 몸매를 가진 두 자매가 고발되었다. 이 여자들은 조용하고 순진한 남편들을 성가시게 하고 가정에 불화와 불행을 일으킬 뿐 아니라, 병상에 누워 있는 늙은 친정어머니를 의지할 데 없이 굶게 하고 오랫동안 앓도록 내버려 둔 죄로 고발되었다. 그들은 유혹적일 정도로 거창한 옷을 입고, 대담한 방식으로 머리카락을 꾸며서 꽃으로 장식하고 태수의 법정에 호출되어 나타났다. 게다가 그들은 달콤한 미소를 지으며, 이글이글 타오르는 시선을 태수에게 던지면서 등장했다. 태수는 그들의 건방진 의중을 알아채면서 곧바로 심문을 끝냈다. 그는 여자들을 데리고 나가서 이들의 아름다운 머리카락을 머리에서 잘라내고, 이 못된 여자들을 채찍으로 때리고, 어머니를 부양하기 위해 몇 푼이라도 벌 때까지 그만큼 오랫동안 물레에 앉혀놓으라고 명령했다.

그다음엔 종교적 종파의 수장 두 명이 피의자로 나타났다. 그들은 태수에게 시민선서를 거부했으며 모든 시민적 의무를 이행하는 것을 집요하게 저항했던 사람들이었다. 그들은 모든 일에 대해 자기들의 신앙과 내적 소명을 암시하면서, 거듭 친절하게 말해준 경고를 어떤 식으로든 귀 기울여 듣지 않았었다. 지금 그들은 가난한 사람들이 자기네 삼림으로 쳐들어와서 마음대로 땔감을 가져가는 잘못을 저질렀다고 하며 그들에 대한 불평을 하소연했다.

"당신들은 누구시오? 난 당신들을 모르오." 태수가 말했다.

그들은 자신들의 이름을 말하면서 "어떻게 그러실 수 있습니까?"라고 크게 말했다. "태수님께선 이미 여러 번 우리를 이곳으로 소환하셨고, 문서 상의 명령과 구두의 명령을 전달하라고 저희에게 법원의 사환을 보내신 적이 있잖습니까!"

"그래도 난 당신들을 모르오!" 그는 냉정하게 계속해서 말했다. "당신들이 스스로 시민의 의무를 전혀 인정하지 않았다는 것을 기억하고 있을 것이기 때문에 나는 당신들에게 아무런 권리를 줄 수 없소. 그러니 당신들이 찾을 수 있는 곳으로 가서 그 권리를 찾으시오!"

그들은 당황해서 살그머니 밖으로 빠져나가더니 재빨리 의무를 이행함으로써 권리를 찾았다.

비슷한 방법으로 태수는 또 몇몇 부부들과 소환된 다른 피의자들에게 훌륭한 기발한 착상을 이용하여 판결을 내렸다. 그는 여러 가지 불화들을 조정했으며 건달들에게 벌을 주었다. 특히 주목할 점은, 그가 뇌물 중독성이 있는 부태수 사건을 제외하고 한 번도 벌금형을 선고하지 않았으며 단 한 실링[40]도 징수하지 않았다는 것이었다. 반면 다른 여러 태수는 재판권 행사 시 이런 벌금형 선고를 수입의 원천으로 이용할 수밖에 없어 이점을 남용하는 일이 적지 않았다. 그러므로 태수 란돌트의 판결은 신분이 높은 사람이나 낮은 사람에게서 평판이 좋았다. 그의 판결들은 이중적인

---

40 Schilling: 유럽의 옛날 농전. 오스트리아의 구 화폐 단위.

의미[41]에서 솔로몬의 판결이라고 표현되었다. 그래서 사람들은 법정을 가득 채운 장미 향 때문에 오늘의 재판을 지금도 여전히 살로몬 태수의 장미 법정이라 불렀다.

이제 그는 오늘의 축제일 준비 때문에 불가피하게 바로 이날 하게 되었을 정도로 그렇게 오랫동안 연기했던 업무를 처리한 것을 기뻐했다. 그는 여인들이—그들은 모두 다 오찬을 충분히 즐길만한 자격이 있었다—오찬을 시작하기 전에 신선한 공기를 마시도록 잠시 밖에서 산책하라고 그들에게 권했다. 여인들이 호숫가 정원에서 자기네들끼리 있게 되었을 때 정말 안도의 숨을 내쉬었다. 왜냐하면, 그들은 총각인 태수가 부부간에 일어난 사건들을 인지하고 처리한 자신 있는 태도에 대해 정말 불안해졌었기 때문이다. 그를 지금까지 그다지 현명하다고 생각하지 않았던 한두 여인은 대체 그녀들을 자기 집에 모아놓은 란돌트의 의도가 무엇일까 골똘히 생각하기까지 했다. 그러나 원숭이 코코가 불쌍한 모습으로 그들에게 뛰어서 다가오는 것을 보았을 때 여인들은 모두 그런 의심스러운 생각에서 벗어났다. 사람들은 코코의 불편한 옷가지들을 벗기는 것을 잊어버리고 있었던 것이었나. 코코의 머리에서 모자가 미끄러져 흘러내렸는데, 코코가 그걸 벗어버리지 못해서 모자가 얼굴 위에 걸려있었다. 그리고 옷은 다

---

41 이중적 의미: 재판관의 이름이 살로몬(영어 표기: 솔로몬)이고, 성서의 현명한 솔로몬 왕의 지혜로운 방식으로 판결한다는 뜻.

리를 감고 있거나 꼬리에 걸려있어서, 코코는 옷을 벗으려고 무진장 애를 쓰고 있었다. 여인들은 그를 불쌍하게 여겨서 모든 불편한 상태에서 원숭이를 구해냈다. 이제 원숭이는 지극히 귀여운 익살과 장난으로 여인들이 재미있게 시간을 보내게 해주었다. 그래서 모든 염려와 우울함이 아름다운 그녀들의 머리에서 사라졌다. 태수가 시종 두 명을 대동하고 식사장소로 안내하려고 여인들을 데리러 왔을 때 그는 그녀들이 즐겁게 폭소를 터뜨리는 모습을 보았을 정도였다.

"오, 식사시간을 알리는 종소리로 난 이런 웃는 소리를 듣는 걸 좋아해요! 여러분들이 함께 웃을 때면 시칠리아성당의 종소리를 듣는 것 같은 소리가 나거든요! 누가 아름다운 알토 소리를 냈나요? 벤델가르트, 당신인가요? 가슴을 태울 듯 밝은, 폭풍을 경고하는 경종(警鐘)을 울린 사람은 누군가요? 아글라야, 당신이오? 친절하게 들리는, 중간 음으로 저녁기도 시간을 알리는 종을 울린 사람은 누구지요? 그건 살로메, 당신의 종소리겠지요! 보랏빛 종루에서 기도시간을 알리는 청아한 종소리를 낸 사람은, 바로 당신, 바바라 투마이젠이겠지요! 그리고 하루 일과가 끝났다고 유쾌한 종소리를 내는 사람이 누구인지는 이미 알고 있지요. 그 사람은 나의 어릿광대, 피구라겠지요!"

"우리 중 한 사람을 어릿광대라고 모욕하시다니 무슨 무례한 말씀인가요!" 다른 네 명의 여인들이 외쳤다. 왜냐하면, 그들은 자기들이 모두 다 그런 별명들을 갖고 있었다는 것을, 그런데 피구라 로이만 자신의 별명을 알고 있었고 그 별명에 동의했었다는 것을 모르고 있었기 때문이었다.

여인들의 마음에 걸려있던 미세한, 까칠한 불안감이 이제 완전히 사라지고 분위기가 부드러워졌다. 식사가 차려져 있던 방은 푸른 하늘에서 발하는 아름다운 빛과 그보다 더 푸른 호수 면의 광채로 눈이 부셨다. 호수에 반사된 그 빛은 높은 창문을 통해 밀려들어 왔다. 그러나 눈을 들어 밖을 내다보았을 때 저 멀리 건너편 연초록색 5월의 대지를 통해 눈부심은 곧 진정되었다. 방 한가운데에 놓여있는 둥근 식탁 위에서는 꽃들과 반사되는 불빛에 의해 온화한 봄이 빛을 발했다. 왜냐하면, 식탁이, 태수가 정원에서 가져온 것뿐 아니라 그의 옛 조상들 시대에 쓰던 장롱에서 꺼내올 수 있었던 모든 것을 동원해서 지극히 우아하게 차려졌고 꾸며져 있었기 때문이었다.

높은 등받이가 있는 여섯 개의 의자가 식탁에 빙 둘러 놓여있었다. 각각의 의자는 앉은 사람이 편안하고 자유롭게 움직일 수 있게, 오른쪽으로든 왼쪽으로든 바로 옆 사람을 보면서 기품 있게 담소할 수 있을 정도로 다른 의자와 멀리 떨어져 놓여 있었다. 간단히 말하자면 이러한 자리 배치는 이 원탁 모임이 마치 순전히 선제후들을 위해 차려진 것 같았다. 그런데 각각의 의자 뒤에 그 손님을 위해 별도로 차려진 음식이 없을 뿐이었다. 그 대신에 저택의 훌륭한 뷔페가 고풍스러운 그릇과 함께 더욱더 성대하고 근사하게 홀의 뒤편에 차려져 있었다.

한 손은 음식에 놓고 다른 한 손은 허리에 받치고, 진홍색 치마와 검은 비로드 재킷을 입은 마리안네 여사가 벌써 이 뷔페 상 옆에 궁내 대신처럼 서 있었다. 주름 잡힌 옷깃 위에 걸친 커다란 은빛 십자가가 그녀의 가슴에 내려뜨려 져 있었다. 그리고 햇볕에 그을린 목은 특별히 금은세공의 장식품으로 감겨 있었다. 백발이 되어가는 머리 위에 그녀는 담비 털가죽으로 만든 모자를 쓰고 있었다. 혁대에 내려뜨리고 있는 하얀 앞치마는 그녀의 직분을 표시하고 있었다. 그러나 그녀는 검은 눈썹을 치켜들고 마치 이 집의 마님이나 되는 것처럼 홀 안을 엄중한 시선으로 이리저리 쏘아보았다.

하지만 그녀가 발산한 경외감은 그 사이에 이미 생겨난 기분 좋은 분위기를 몰아내진 않았다. 다섯 여인은 즐거운 미소를 지으며 태수가 지정해준 대로 각기 자기 자리에 앉았다. 그는 자신의 오른쪽에 피구라 로이를 앉혔고, 왼쪽에는 아글라야를, 맞은편에는 연인 중에서 가장 나이 많은 살로메를, 그리고 나머지 두 의자에는 벤델가르트와 종달새를 앉혔다. 진정 행복한 마음으로 그는 자기가 차린 식탁에 모인 그녀들을 쳐다보았고, 매우 정열적으로 모든 연인과 대화를 하면서 그들을 즐겁게 해주었다. 기분 좋은 분위기를 해치지 않고 차례로 모든 연인을 쳐다볼 수 있도록 하기 위해서였다. 이때 그는 마음 내키는 대로 한번은 오른쪽으로, 또 한 번은 왼쪽으로 차례로, 그리고 한 사람을 건너뛰기도 하면서 연인들에게 말을 걸었다.

마리안네 여사는 뷔페 식탁에서 수프를 떠서 접시에 담았다. 여자로 변장한 소년은 자기가 할 일을 잘 알고 있는, 귀엽고 영리한 인근 지역 교회 목사의 아들이었다. 그는 집사가 떠놓은 접시를 받아 손님들의 자리에 갖다 놓았다. 그는 열여덟 살 먹은 아가씨와 비슷해 보였으며, 누가 말을 걸면 계속해서 수줍게 눈을 내리깔았다. 그는 마리안네의 눈짓에 따라 복종했고 한 가지 일을 처리하고 나선 바로 문 옆에 말없이 서 있었다. 태수가 변장한 소녀를 불러서 부드럽고 친밀하게 임무를 주면 그녀는 일을 열심히 실행해 냈다. 그것을 볼 때마다 태수의 연인들은, 그녀에 관해 아직 한 번도 들어보지 못했던 미지의 시녀를 또다시 기이하게 생각했다. 그런데 그들은 그녀에 대해 별로 관심을 두지 않았다. 하지만 이 일로 인해 그들의 수다는 방해받지 않았으며, 오히려 점점 활발하고 즐거워졌다. 그래서 태수가 익히 알고 있는 다양한 종소리들은 아주 조화롭고 다정하게 뒤섞여 울려서 마치 어느 도시에 교황님이 행차하시려는 듯한 분위기였다.

마치 교황님이 이제 도시에 와 계신 것처럼 한순간 조용해졌다. 벤델가르트는 이 순간을 그라이펜제 영토의 크기를 물어볼 기회로 이용했다. 왜냐하면, 그녀는 자기가 태수의 부인이 되었더라면 자신의 행복의 크기가 어느 정도였을까를 은밀히 가늠해 보고 싶었기 때문이었다. 다른 여인들은 이 지역에 사는 시민이 그런 걸 잘 모르고 있다는 것을 의아하게 생각했다. 하지만 란 돌트는 요새, 도시 그리고 땅과 사람들을 포함한 그라이펜제 성 이 1402년에 토겐부르크의 마지막 백작에 의해 취리히인들에게 6,000굴덴에 저당 잡혔었는데 다시 찾지 못했다는 것과 그리고 이 통치지역은 비교적 작은 지역에 속해서 21개의 소도시만을 갖 고 있다고 그녀에게 얘기했다. 그런데 현재의 성과 도시는 더는 원래의 모습이 아니며, 주지하는 바와 같이 원래의 것은 1444년 취리히에 대항하는 전쟁에 참전한 모든 스위스 연방주민들에 의 해 파괴되었다고 말했다.[42] 그 장기간의 쓰라린 시민전쟁의 세월 을 생생하게 눈앞에 그려내면서, 태수는 거의 5월 내내 강력한 포 위군에 대항하여 성을 방어했었던 69명의 죽음을 정신없이 상세 하게 묘사했다. 그는 법의 형식을 빌려 전쟁의 패배자들을 말살시 키는 끔찍한 당쟁[43]의 관습을 통해, 그리고 그런 식으로 겁을 줘 서 좋은 효과를 나타내려고 69명이 완전히 항복한 후에, 충직한 지도자 빌트한스 폰 란덴베르크[44]를 필두로, 이들 중 60명이 광

---

42 스위스인들은 스위스동맹국의 회원이었으나, 도시 취리히는 스위스동맹국에 속하 지 않았었다.

43 가톨릭과 프로테스탄트 교인들의 싸움을 일컬음.

44 Wildhans von Landenberg(=Breitenlandenberg)(1410-1444): 구 스위스 내전 때 그라이펜제의 '영웅적' 수호자이며, 1444년 5월 28일 네니콘 초원의 그라이펜제 대 학살 때 희생자 중 가장 중요한 인물.

장에서 처형당한 상황을 생생하게 서술했다. 무엇보다도 태수는 취리히의 이름으로 성을 방어했던 충직한 남자들의 생사를 결정하기 위해 네니콘 초원에서 개최된 전쟁집단의 협상에 대해 한참이나 자세히 언급했다. 태수는 또, 용감하게 자비와 관용을 지지하고 전쟁포로들이 정직하고 충실하게 의무를 이행했다고 언급한 정의로운 남자들의 변호활동을 묘사했다. 또한, 위협적으로 정의로운 사람들에게 혐의를 두고 그들과 대적한, 복수심에 가득한 사람들의 포악한 연설들에 관해서도 얘기했다. 그뿐만 아니라 그는 이런 방식으로 죽은 희생자들의 면전에서 행해졌고 모든 사람에 대한 가혹한 사형선고로 끝을 냈던 두 당파 간의 격렬한 논쟁을 환기시켰다. 결정투표에서 수를 셀 필요가 없을 정도의 절대다수가 드러낸 섬뜩한 잔인함, 그 잔인한 투표의 결과로 나타난 사형집행인의 등장—사형집행인은 스위스 사람들이 전쟁 때 군부대의 일원으로 데려온 사람이었는데, 지금 같으면 군의관이나 군목 같은 사람들이었다—사면을 간청하러 서둘러 온 노인들, 부녀자들과 어린아이들, 대다수의 사람과 그들의 지도자 이텔 레딩[45]의 완고한 무자비함, 이 모든 것이 생생하게 서술되어있다. 그다음에 태수의 여인들은 마음속으로 공포의 전율을 느끼면서 처형의

---

45 Itel Reding(1370~1447): 구 스위스 전쟁에서 스위스부대의 군사령관으로서 네니콘(Nänikon) 전투를 지휘한 인물. 1444년 5월 28일에 자행된 '그라이펜제의 살인'의 주요 책임자로 간주됨. 고트프리트 켈러는 그라이펜제의 살인사건을 《그라이펜제의 태수》에 삽입하여 다수의 사람들과 지도자 이텔 레딩의 완고한 무자비함에 대해 언급한다.

진행과정에 대해 들었다. 취리히 군의 중대장이 생명의 위험 속에서 남자다운 모범을 보이며 자기 부하들보다 앞서가기 위해서 제일 먼저 자신의 머리를 처형장에 갖다 대기를 원했다고 그는 얘기를 이어갔다. 중대장이 그렇게 요구한 것은 자기가 심경의 변화를 일으키거나 의외의 사건이 일어나길 기대한다고 아무도 생각하지 않도록 하기 위해서였다는 것이었다. 그런 다음 형리는 처음에 한 사람 한 사람씩 처형하다가, 10번째 사람 순서에서 사면을 기대하고 멈추면서 직접 사면을 간청했지만, 그 답으로 얻은 말은 항상, "입 닥치고 처형해!"였다는 것이었다. 60명의 무고한 사람들이 피를 흘리고 쓰러져 죽을 때까지 그렇게 사형이 집행되었다고 했다. 마지막 몇몇 사람들은 저녁때가 되어 횃불의 불빛에서 참수되었다고 전했다. 몇몇 미성년 소년들과 허약한 노인들만 처형을 면했는데, 그것은 사면이라는 의미에서라기보다 오히려 처형하는 민중의 부주의나 피곤함 때문이었다는 것이었다.

다행스럽게도 태수의 얘기가 끝났을 때 마음씨 고운 여인들은 정말 안도의 한숨을 내쉬었다. 그들은 마지막까지 바짝 긴장해서 경청했었다. 태수가 이 모든 사건을 매우 생생하게 묘사했기 때문이었다. 봄 햇살이 비치는 이 홀에 꽃과 술잔으로 뒤덮인 식탁 대신에, 그날 밤의 초원과, 빨간 횃불을 밝힌 야만적인 군인들의 무리를 보고 있는 것 같은 생각이 들 정도였다.

"물론 그들이 공격을 결정했든 피의 선고를 내렸든 간에, 그런 군인들의 집단은 끔찍한 집단이었지요." 태수가 말했다. "그러나 이젠 이런 얘기들을 그만하고 다시 우리 자신의 문제에 몰두할 때입니다." 그는 달라진 목소리로 계속해서 말했다. "사랑하는 나의 아름다운 여인들이여! 이제 나는 작지만, 군인들 집단보다 좀 더 평화로운 그룹을 만들고, 상담하고, 나와 밀접한 관계가 있는 사안에 대한 판단을 내리는 데 그대들을 초대하고 싶소. 그대들의 사랑스러운 귓바퀴로 내 말을 기꺼이 경청해 준다면 나는 그 문제를 그대들에게 즉시 제시할 것이오. 그런데 그 상담이 비밀리에 이루어져야 하므로 우선 관객 여러분은 밖으로 나가주면 좋겠소."

태수가 집사와 그녀의 조수에게 눈짓하자, 그들은 물러났다. 그러는 사이 그는 목소리를 높였고, 약간 당황한 헛기침을 하며 멈추었다가, 계속해서 말했다. 다섯 여인도 하얀 귀를 쫑긋 세우고 쥐죽은 듯 조용히 그의 말을 경청했다.

"나는 오늘 '시간이 장미를 가져온다'고 하는 속담으로 경애하는 여러분을 환영하는 인사를 했소. 그런데 분명 그 속담이 맞았던 것 같소. 시간이 다섯 병의 아름다운 여인으로 구성된 마법적인 펜타그램[46]을 내 눈앞에 그려줬기 때문이오. 펜타그램의 마력 있는 선이 신비스럽게도 한 여인에서 다른 여인으로 옮겨가고, 교차하고, 각 지점에서 자기 자신에게 돌아가서 나의 모든 불행을

---

46 Pentagramm: 꼭짓점이 다섯 개인 별모양[5각의 별표].

막아주었으니 말이오.

그래요, 시간과 운명은 내게 정말 호의적이었지요! 왜냐하면, 그대들 중 첫 번째 여인이 나를 택했더라면 나는 두 번째 여인을 만나지 못했을 것이고, 두 번째 여인이 내게 청혼했더라면 세 번째 여인은 내게 영원히 감춰져 있었을 것이기 때문이오. 그리고 그다음 여인들도 못 만났을 것이오. 그래서 나는 어떤 거친 현실의 입김에 의해서도 흐려지지 않은 추억을 다섯 번 들여다보는 거울을 소유하는 행운을 누릴 수 없었을 것이오. 나는 지금 사랑의 신들이 다섯 개의 돌들을 포개어 놓은 우정의 탑에 살고 있는 즐거움을 누리고 있는 것이오! 그것은 진정 시간이 체념의 대가로 내게 가져다준 장미들이오. 하지만 그 장미들은 얼마나 아름답고 영원한가요! 아름다움과 젊음을 유지하면서 여전히 아름답게 피어있는 그대들의 모습을 내 앞에서 보고 있다니! 정말이지, 그대들 중 단 한 명도 폭풍우 같은 어려운 삶을 피해 비틀거리며 달아나려는 기색을 조금도 보이지 않는 것 같소! 무엇보다도 우선 이런 의미에서 건배합시다! 그대들의 마음과 그대들의 눈빛이여 영원하여라, 오 살로메, 오 피구라, 벤델가르트, 바바라, 아글라야여!"

여인들은 모두 뺨이 발그레져 일어났으며, 그와 축배의 잔을 부딪치면서 그에게 우아한 미소를 지어 보였다. 피구라만 그의 귀에 속삭이며 말했다. "장난꾼 양반, 당신의 의도가 뭐예요?"

"조용해요, 어릿광대!" 태수가 말했다. 여인들이 다시 자리에 앉자 그는 계속해서 말했다.

"그런데 체념이란 건 그 자체가 절대로 만족할 줄 몰라요. 그 래서 체념은 더 이상 체념할 것을 찾지 못하면 자기 자신을 체념 하는 것으로 끝나지요. 이건 좋지 않은 언어유희처럼 보입니다. 하지만 그럼에도 불구하고 이 말은 여러 가지 여건으로 인해 내 가 처하게 된 염려스런 나의 상황을 표현하는 겁니다. 고위관직 을 수행하고 큰 규모의 살림을 한다는 사실이 내가 결혼하지 않 고 결함 없이 계속 살아가도록 내버려두지 않는군요. 그래서 판 사로서 행정가로서 통치 수장의 입장에서 나 자신이 현실적인 가 장의 본보기가 되기 위해 이런 미혼의 신분을 포기하라고 사람 들은 내게 촉구합니다. 그리고 사람들이 찾을 수 있는 온갖 상투 어들을 들이대면서 나를 압박하고 불안하게 해요. 간단히 말하 자면, 나의 내밀한 추억 속의 연인들을 단념하고, 압박받는 고통 에서 벗어나는 수밖에 다른 방법이 없겠어요. 이제 내 주위를 돌 아다보면 펜타그램에 사로잡힌 사랑과 애정에 대해선 물론 더 이 싱 밀힐 수 없겠지요. 오히려 펜타그램은 필요성과 병범한 유용성 을 지닌 냉정한 빛으로서, 나의 결심을 밝게 비춰줘야 할 빛입니 다. 성실한 두 여자가 있는데, 이들 가운데서 선택해야 할 것입니 다. 사랑하는 친구들이여! 그래서 나는 그대들에게 결정권을 주 기로 했어요. 세상 경험이 많은 상담자이자 성직자인 어떤 분이 내게 말했어요. 아주 경험이 많은 나이든 여자든지, 아니면 아주 젊은 여자를 택하고, 중간나이의 여자만은 택하지 말라고요. 이제 그 두 여자, 즉 늙은 여자와 젊은 여자를 찾았어요. 그대들이 내게 추천하기로 결정한 여자를 궁극적으로 받아들여야 하겠지요. 그 늙은 여자는 지금까지 우리 집 살림을 책임지고 훌륭하게 꾸려온 나의 착한 집사 마리안네 여사요. 이 여자는 약간 거칠고 담배 연기로 거뭇거뭇해진 여자이긴 하지만 착하고 덕성스럽고, 오래전 일이긴 해도, 한땐 예쁘기도 했어요. 이 여자는 성(姓)을 바꾸기만 하면 돼요, 그러면 모든 게 해결되는 거예요. 다른 여자는 식사 때 우리의 시중을 든 젊은 하녀예요. 이 아이는 마리안네의 먼 친척인데, 마리안네가 오늘의 행사를 도와달라고 시험삼아 데려왔지요. 이 여자애는 온순하고 성질이 좋은 아이 같아요. 가난하지만 건강하며, 정직하고 꾸밈이 없어요. 이 문제에 있어서 난 더는 아무 말도 하지 않을 것이오. 내 말을 이해하겠어요? 이제 검토하고, 서로 상의하여, 여러분의 의견을 교환한 다음, 내게 호의를 베푸는 마음으로 평화로운 분위기에서 투표를 해주세요. 의견 일치를 이룰 수 없으면 다수결로 결정하는 겁니다. 이제 난 밖으로 나가 있겠소. 여기 청동으로 만든 종이 있어요. 판정을 내렸으면 될 수 있는 한 힘 있게 이 종을 울리세요. 내가 와서 그대들의 순결한 손으로 내린 결정에 따라 나의 장래 운명을 받아들이도록 말이오."

그가 이례적으로 진지한 소리로 이렇게 말한 후에 매우 빨리 방에서 나갔기 때문에 여인 중 어느 사람도 그 사이에 한마디 말도 할 시간이 없었다. 그들은 이제 놀라서, 아무 말도 없이 다섯 명의 고위관리들처럼 의자에 앉아있던 채로 서로를 쳐다보았다. 그들은 너무도 놀라서 살로메가 먼저 다시 평정을 되찾고 큰 소리로 말할 때까지 아무도 한마디 말도 꺼내지 못했다. "그런 식으로 할 수는 없어요! 태수님이 결혼하길 원한다면 그에게 어울리는 여자를 골라줘야 해요. 그는 지금 성공한 남자예요. 그러니까 나는 곧 그에게 어울리는 사람을 찾아낼 거예요. 이런 별난 아이디어를 내놓은 그를 절대로 그냥 놔둬서는 안 돼요!" 살로메가 큰 소리로 말했다.

　　"내 의견도 그래요." 아글라야가 신중하게 말했다. "시간을 두고 생각해봐야 해요."

　　살로메는 이렇게 생각했다. "결국, 아글라야, 당신 자신이 그와 결혼하게 될지도 모른다 그거지. 하지만 그렇게는 안될걸. 내가 그에게 어울리는 여자를 이미 알고 있으니까!" 그러더니 살로메는 큰 소리로 말했다. "무엇보다도 우리는 시간을 벌어야 해요. 종을 울려서 그에게 알립시다. 우리는 지금 결정하지 않고 판정을 연기하려고 한다고!"

　　그녀는 벌써 종을 향해 손을 뻗었다. 그런데 가장 젊은 여인 바바라 투마이젠이 살로메가 종을 울리는 것을 만류하며 꽤 힘

찬 목소리로 말했다.

"나는 연기하는 것을 반대합니다. 태수님은 결혼해야 해요. 그게 바람직한 일이에요. 그래서인데, 난 늙은 집사를 지지합니다. 그분이 이제 아주 젊은 여자를 아내로 맞는다는 것은 온당치 않기 때문이에요!"

이제 벤델가르트가 말했다. "퉤, 그 늙고 볼품없는 여자를요? 난 젊은 여자를 찬성해요. 그녀는 귀엽고, 태수님이 원하는 모습대로 만들 수 있는 여자일 거예요. 왜냐하면, 그녀는 겸손하기도 하거든요. 그리고 그녀가 가난하다면 그에게 더욱더 감사하게 생각할 거예요!"

살로메와 아글라야는 같이 흥분해서 이의를 제기했다. 오늘 투표를 시작할 것인가, 혹은 연기할 것인가, 이것이 우선 중요한 문제라는 것이다. 바바라는 더 흥분해서, 지금 투표를 시작하는 것에 동의하며, 늙은 여자를 찬성한다고 크게 말했다. 하지만 연기하기로 한다면, 자기는 태수의 신분에 어울리고, 예의가 바르며 사려 깊은 도시의 미혼여성 중에서 적당한 여자를 직접 찾아보겠다고 주장했다. 기품 있는 교구감독의 딸 이외에도 태수에게 갖다 댈 수 있는 처자들이 여러 명 더 있다는 것이다. 교구감독의 딸이 가진 아름다운 미덕이나 행동과 사고의 원칙은 여전히 약간은 유쾌하고 공상적인 태수에게 도움이 될 것이라고 했다.

이제 모든 여인이 거의 한꺼번에 뒤죽박죽 말하는 격렬한 논쟁이 벌어졌다. 피구라 로이만 아직 아무 말도 하지 않았다. 그녀는 창백해졌으며, 자기가 아직 아무 말도 할 수 없었다는 것에 대해 가슴이 답답했다. 그녀는 평소에 태수의 모든 장난과 착상을 금방 이해했음에도 불구하고, 지금 그가 던진 농담을 정말 진심이라고 생각했다. 그녀가 그를 사랑했다는 바로 그 이유 때문이었다. 그녀는 자신이 벌써부터 그를 위해 바랐었고 자신이 두려워했었던 일이 마침내 다가왔다는 것을 알았다. 그녀는 이윽고 단호한 태도로 생각을 가다듬고 자신의 말을 경청해 달라고 부탁했다.

"친구들!" 그녀가 말했다. "일을 연기하는 것으로 우리는 아무것도 얻지 못할 거예요. 오히려 나는 태수님이 이미 결심을 했다는 생각이 들어요. 게다가 젊은 여자를 선택해 놓고서, 공손한 태도와 농담하는 재미로 그냥 우리의 확인을 받으려는 것 같아요. 그분이 마리안네 여사와 결혼할 거라고 난 절대 생각하지 않아요. 그리고 그녀도 전혀 그런 결혼계획에 동의할 것 같지 않아 보여요. 그렇게 하기엔 늙은 그녀는 너무 현명한 여자니까요. 그러나 우리가 아무런 결정을 내리지 못하거나 혹은, 똑같은 의미이긴 하지만, 태수님이 기대한 친절한 동의를 우리가 거부한다면 우리는 내일 그의 결정을 통보받을 것이라고 나는 나름대로 확신해요!"

작은 회의를 연 여인들은 이 의견이 아마도 옳을지 모른다는 생각을 하게 되었다.

"그러면 난 투표를 진행할 것을 제안합니다." 살로메가 말했다.

"대체 그분은 지금 몇 살이에요? 그가 몇 살인지 아무도 모르나요?"

"마흔세 살이 다 되었을 거예요." 피구라가 대답했다.

"마흔셋이라! 좋아요, 난 젊은 여자를 찬성해요!" 살로메가 말했다.

"그럼 난 늙은 여자를 찬성해요! 개종자위원회 서기의 딸인 예민한 종달새가 크게 말했다. 그녀는 이 문제에 있어서 그라이펜제의 그 피비린내 나는 전쟁집단의 연사 중 한 사람처럼 그렇게 완강해 보였다.

그와 반대로 아름다운 벤델가르트는 "난 젊은 여자를 지지해요"라고 외치면서 손바닥으로 가볍게 식탁을 쳤다.

"그럼 난 늙은 여자를 찬성해요." 아글라야는 눈을 내리깐 채 자신 없는 소리로 말했다.

"이제 우린 젊은 여자에 2표, 늙은 여자에 2표를 던졌어요." 살로메가 큰 소리로 말했다. "피구라 로이, 당신이 결정해야겠네요!"

"난 젊은 여자를 찬성해요." 피구라가 말했다. 그래서 살로메는 즉시 종을 잡아 쥐더니 힘차게 종을 울렸다.

란돌트가 나타나기까지 몇 분이 걸렸다. 깊은 정적이 흘렀다. 정적이 흐르는 동안 여러 가지 감정들이 여인들을 사로잡았다. 피구라는 속눈썹에 걸려 있던 몇 방울 진한 눈물을 거의 감출 수 없었다. 왜냐하면, 그녀는 란돌트가 독신으로 남아있다는 생각에 익숙해져 있었기 때문이다. 그런데 이제 그녀는 자기가 완전히 혼자 고독을 견뎌야 한다는 것을 알고 있었다. 벤델가르트의 기발한 생각이 그녀의 눈물을 감출 수 있게 도와주었다. 벤델가르트는 정적을 깨면서, 태수에게 판정을 알리기 전에, 그가 늙은 여자와 키스해야 한다는 제안을 한다고 외쳤다. 그러면 태수는 그들의 판정이 마리안네를 지지한 것으로 생각할 것이며, 우리는 그의 얼굴 표정에서 그녀와 결혼하겠다는 것이 그의 진심이었는지 알아채게 된다는 것이다. 피구라가 그런 불쾌한 장면을 태수에게 모면해주려고 했기 때문에 그 제안에 맞서 싸웠음에도 불구하고, 벤델가르트의 제안은 받아들여졌다.

이 순간에 문이 열렸고, 태수는 마리안네 여사를 팔에 끼고 근엄하게 들어왔다. 그녀는 마치 미리 여인들과 좋은 교우관계를 가지려고 애쓰는 것처럼 익살스럽게 사방을 향해 몸을 굽혀 인사를 하고 경의를 표했다. 이때 마리안네 여사는 장난기 어린 기분으로 우아한 심판관 여인들을, 한번은 이 여자를, 한번은 저 여자를 뚫어지게 바라보았다. 그래서 심판을 맡은 여인들은 완전히 겁을 먹고 양심의 가책을 받아 그대로 앉아있었다. 그러나 태수는 이렇게 말했다.

"나의 조력자들인 그대들이 나를 사려 깊은 이성과 원숙한 노년의 길로 가도록 충고하리라는 확실한 선견지명이 있어서, 내가 선택한 여자를 이렇게 바로 데려왔고, 이 여자와 반지를 교환할 준

비가 되어 있소."

마리안네 여사는 또다시 사방으로 절을 했다. 그래서 식탁에 앉아있는 여인들은 점점 더 당혹해졌고 기가 꺾였다. 아무도 감히 말 한마디를 하지 못했다. 왜냐하면, 늙은 여자를 찬성했던 아글라야와 바바라까지도 그녀를 무서워했다. 진즉 9명의 아이를 낳은, 만고풍상 다 겪은 떠돌이 여자와 정말로 결혼하려는 이 남자가 눈높이를 많이 낮춘 것에 대한 슬픔으로 가득 차 있던 피구라 로이만이 일어나더니 화가 나서 흥분된 목소리로 말했다.

"당신은 잘못 생각하시는 거예요, 태수님! 우리는 당신이 이 착한 여자의 젊은 사촌 동생과 결혼하시라고 결정했어요, 그래서 우리는 당신이 우리의 충고를 존중하셔서 우리를 바보로 만들지 않으시길 바랍니다!"

"하지만 일은 이미 결정된 것 같소!" 태수는 미소 지으면서 말하더니, 식탁 쪽으로 가서 종을 울렸다. 그러는 사이 하녀 역할을 했던 소년이 자기 옷을 입고 나타나자, 태수가 숙녀들에게 그를 펠란덴[47]의 교회 목사님 아들이라고 소개했을 때 마리안네 여사는 요란한 소리를 내며 크게 웃었다.

"이제 내게 늙은 여자 마리안네와의 결혼은 금지되었고, 그녀의 웃음에서 유추할 수 있는 바와 같이, 그녀도 그 결정을 받아들

---

47 Fellanden의 실제 지명은 Fällanden이며 스위스 취리히주의 행정구역 우스터 (Uster)의 소도시.

이지 않을 것 같고, 그런데다가 젊은 여자가 갑자기 소년으로 변했기 때문에 나는 당분간 우리 모두 현재의 모습 그대로 머물러야 할 것으로 생각하오. 파렴치한 장난을 용서하시고, 그대들이 내게 보여준 선의의 결의에 대한 나의 감사를 받아주시오. 그대들은 나를 아직도 젊음과 아름다움을 겸비한 것 같은, 별로 손색없는 사람이라 생각하니 말이오. 그러나 영원한 젊음과 아름다움을 보이며 군림하고 있는 다섯 여판사님도 다를 바 있겠소?"

그는 그들과 차례로 악수하고 각 여인의 입에 입을 맞췄는데, 어느 여인도 그의 키스를 거부하지 않았다.

피구라는 기쁨에 가득 차서 "그러니까 그분은 그런 식으로 우리를 속인 거군요!"라고 크게 말하면서 적당히 즐겁다는 표시를 했다.

아름다운 여인들은 큰 소리로 끊임없이 수다를 떨면서 일어나서 이미 유람여행을 위한 배 한 척이 정박해 있는 성 앞 작은 항구로 내려갔다. 그 배는 초록색 지붕이 덮여있었고 알록달록한 깃발들로 장식되어 있었다. 젊은 사공 두 명이 노를 저었고, 태수는 조타기 옆에 앉아있있다. 일마간 거리를 두고 음악이 흘러나오는 두 번째 배가 앞서 갔는데, 그 음악은 란돌트의 사수들이 연주하는 프렌치호른 소리였다. 호른연주자들의 짧고 단순한 멜로디에 맞춰 여인들의 노래가 교대로 바뀌었다. 여인들은 이제 진정으로 기분이 좋았으며, 자신들이 묵묵히 방향타를 잡고 있는 태수의 마음에 들었다는 것을, 그리고 그의 조용한 행복을 함께 즐겼다는 것을 의식하고 있었다. 악단이 연주하는 곡과 여인들의 노래는 취리히산의 숲 속에서 가끔 조용한 메아리를 울려오게 했으며, 거대하고, 눈부시도록 하얗게 빛나는 글라루스 산맥[48]은 잔잔한 수면에 비쳐 반사되었다.

저녁때가 되어 모든 것을 부드러운 금빛으로 덮어씌우고 모든 푸른 색조들이 더 짙어지기 시작했을 때 태수는 다시 성 쪽으로 배를 돌려 여인들이 목청 높여 노래를 부르는 가운데 돛을 내리고 부두에 배를 댔다. 그래서 여인들은 여전히 노래를 부르면서 강기슭으로 뛰어내렸다.

성 안에서는 란돌트가 이날 저녁을 위해 불러들인 네 명의 생기발랄한 젊은이들이 그들을 기다리고 있었다. 작은 무도회가 열렸다. 살로몬 자신은 다섯 연인 한 사람 한 사람과 춤을 추었다. 그리고 작별인사를 하면서 그는 각 연인에게 젊은이들 가운데 한 사람씩을 안전한 동행자로 넘겨주었다. 그러나 피구라 로이에게는 젊은 하녀 역할을 했던 착한 소년을 넘겨주었다.

여인들이 출발하는 동안 그는 다시 대포를 쏘아 올리게 한 다음, 날이 점점 어두워지자 지붕 위에서 깃발을 걷어 내리게 했다.

"자, 마리안네 여사" 그는 잠들기 전에 마실 술을 가져온 그녀

---

48 스위스 글라루스Glarus주의 알프스.

에게 물었다. "옛 애인들의 모임이 어찌 마음에 들었소?"

"오, 정말로, 아주 마음에 들었어요!" 그녀는 큰 소리로 말했다. "다섯 번 거절당한 청혼과 같은 그런 어처구니없는 이야기가 그토록 즐겁고 아름다운 결말을 맺을 수 있는지 결코 상상하지도 못했을 거예요. 가까운 장래에 그런 일로 주인님을 모방하는 사람은 아무도 없을 겁니다. 이젠 이 세상에서 가능한 만큼 마음의 평화를 가지세요. 왜냐하면, 완전하고 영원한 평화는 비로소 나의 아홉 귀여운 천사들이 살고 있는 바로 그곳에서 오니까요!"

이 의미심장한 아주 특별한 계획은 그렇게 진행되어 끝났다. 훗날 육군대령인 태수 란돌트는 라인 강 변에 있는 에글리자우[49]를 관할 지역으로 받았다. 곳곳에서 태수의 관할지역제도가 폐지되고, 1798년 구 스위스 연방과 함께 봉건 지배 역시 붕괴될 때까지 그는 에글리자우에서 살았다. 그는 이제 많은 외국 군대들이 자기의 조국에 들어와 고향의 아름다운 계곡과 낮은 산들을 황폐화해버린 것을 보았다. 그들은 프랑스인, 오스트리아인과 러시아인들이었다. 그는 이제 더 이상 관직에 있지 않았지만, 항상 말을 타고 다니며 지칠 줄 모르고 곳곳에서 조언하고 도와주며 활동했다. 그러나 그의 예술적 안목은 시대의 모든 고통과 혼란 속에서도, 열병 속에서 꾸는 악몽에서처럼 교대로 나타나는 가지각색의 수많은 형상이 저마다 변화하는 모습을 관찰했다. 심지어 그의 가

---

49 Eglisau: 스위스 취리히주의 뷜라흐 행정구역에 있는 소도시.

장 친밀한 고향에서 벌어진 대전투의 포화 속 밤중의 불빛도, 감시하는 어떤 카자흐 기병도, 혹은 새벽녘의 크로아티아 병사도 그의 눈을 비켜가지 못했다. 마침내 전쟁의 소용돌이가 지나가 버렸을 때 그는 그림을 그리면서, 사냥하면서, 그리고 승마를 하면서 자주 거처를 바꿨으며, 1818년 투르 강변 안델핑엔[50] 성에서 죽었다. 그 마지막 시기에 대해 그의 전기를 쓴 작가는 이렇게 말한다. 따뜻한 여름날 오후에 그는 늘 혼자 플라타너스의 그늘에 앉아있었다. 모든 논밭에서 벼 베기를 하는 사람들로 가득했던 수확시기에 특히 그랬다. 그는 성의 언덕에서 그 사람들을 보는 것을 좋아했다. 그들이 일하면서 노래를 부르면 그는 가끔 작은 잎사귀 하나를 꺾어서, 그 잎으로 조용히 휘파람 소리를 내면서 계곡에서 들려오는 벼 베는 사람들의 즐거운 멜로디를 따라 불렀다. 그러다가 벼를 베다 지친 농부가 볏단 위에서 잠이 드는 것처럼 그는 가끔 노래를 부르다가 잠이 들기도 했다.

그가 일흔일곱 살이었던 늦가을, 마지막 잎이 떨어졌을 때 그는 자기 삶이 끝나가고 있다는 것을 알았다. 그는 할머니에게서 유산으로 상속받은 상아로 만들어진 사신(死神) 상을 가리키면서 "저기 저 사수는 조준을 잘했다!"라고 말했다. 지난 세기에 살다가 죽은 피구라 로이는 란돌트에게서 그 멋진 조각품을 빌린 적이 있었다. 그녀가 표현한 바와 같이, 그 조각 작품이 그녀의 흥미

---

50 Andelfingen: 스위스 취리히주의 안델핑엔 행정구역에 있는 소도시.

를 끌었기 때문이다. 그녀가 죽은 후에 그는 그것을 다시 가져와 간직하였으며, 서재의 책상에 세워놓았었다.

　　마리안네 여사는 노동과 의무수행으로 인해 완전히 지쳐서 1808년에 세상을 떠났다. 그런데 명망 있는 남자의 장례 때처럼 그녀의 장례식 때도 그녀의 관이 운구될 때 긴 장례행렬이 뒤따랐다.

그라이펜제의 태수

초판 1쇄 인쇄 2015년 4월 3일
초판 1쇄 발행 2015년 4월 9일

지은이 고트프리트 켈러
옮긴이 오청자
발행인 신현부
발행처 부북스

주소 서울시 중구 동호로17길 256-15
전화 02-2235-6041
팩스 02-2253-6042
이메일 boobooks@naver.com

ISBN 978-89-93785-73-9 04850

이 도서의 국립중앙도서관 출판예정도서목록(CIP)은 서지정보유통지원시스템 홈페이지
(http://seoji.nl.go.kr)와 국가자료공동목록시스템(http://www.nl.go.kr/kolisnet)에서
이용하실 수 있습니다.(CIP제어번호: CIP2015008532)